一座城市一本书

西安漫游记

何薇◎编

河海大学出版社

HOHAI UNIVERSITY PRESS

·南京·

图书在版编目（CIP）数据

一座城市一本书. 西安漫游记 / 何薇编. -- 南京：
河海大学出版社，2021.10

ISBN 978-7-5630-7113-5

Ⅰ．①一… Ⅱ．①何… Ⅲ．①文学－作品综合集－中
国－当代 Ⅳ．①I217.2

中国版本图书馆CIP数据核字(2021)第155072号

丛 书 名 / 一座城市一本书
书 名 / 西安漫游记
　　　　　XIAN MANYOU JI
书 号 / ISBN 978-7-5630-7113-5
责任编辑 / 毛积孝
特约编辑 / 邰正萍
特约校对 / 黎　红
装帧设计 / 刘昌凤
出版发行 / 河海大学出版社
地 址 / 南京市西康路1号（邮编：210098）
电 话 / （025）83737852（总编室）
　　　　 / （025）83722833（营销部）
经 销 / 全国新华书店
印 刷 / 三河市华晨印务有限公司
开 本 / 660毫米×960毫米　　1/16
印 张 / 15
字 数 / 175千字
版 次 / 2021年10月第1版
印 次 / 2021年10月第1次印刷
定 价 / 69.80元

长相思，在长安

西安，古称长安、镐京。公元前 202 年，刘邦在长安（今西安城西北郊汉城）建立了西汉王朝，为了国家的长治久安，将此地命名为"长安"。明洪武二年（1369 年），这里被改名为西安府，意为"安定西北"。事实上，这里的历史远远不止此，三千书卷都写不下它的古老历史。

纵观历史，很多的古城都湮没于世，或成了一地风沙，或只剩一座废城。而西安在经历了战火等一系列灾难之后，却始终屹立不倒，成了不老的传说。这里是古丝绸之路的起点，这里是唐僧取经的出发点，这里也是而今"一带一路"的核心区。在这座城市里，王朝更迭无数，文化遗留遍地，秦阿房宫、兵马俑，汉未央宫、长乐宫，隋大兴城，唐大明宫、兴庆宫……似乎听到了清脆的驼铃声越来越近，似乎看到了斑驳的城墙变得清晰。

被誉为"世界第八大奇迹"的秦始皇兵马俑是不能不提到的。这是古都西安的标志，是我国古代辉煌文明的名片。两千年前的秦人已经不在了，他们变成了"泥土"，出现在我们面前。我们透过这支沉默的军队，看到了昔日帝国的辉煌，看到了时间与历史的痕迹。强大的震慑感让每一个人的灵魂无处可逃，让所有的辞藻都失去了韵味。

在西安碑林里，那块清代碑石详细记录了西安的"关中八景"，分别是"华岳仙掌、骊山晚照、灞柳风雪、曲江流饮、雁塔晨钟、咸阳古渡、草堂烟雾、太白积雪"。或许，现在的我们无法用三言两语就讲述得清曾经的风骨与神韵，但经过每一代人日日夜夜的描摹，那份历史的厚重感却是日久弥新的。恍然抬头，看向远方的夕阳，我突然在想，秦汉隋唐时的夕阳是否也是这般火红。

直至今日，西安仍被很多人青睐，被很多人向往。漫游在这里，护城河的水依旧清绿，钟楼的城墙依旧挺拔。你可以实实在在地感受到清晰的汉唐神韵。走下西安鼓楼，穿过城门，看着熙熙攘攘的人群，看着各色各样的小吃店，我突然想来一碗羊肉泡馍，大快朵颐一番。那大而深的碗里，被装得满满当当的，撕碎那干软的泡馍，扔进油汁中，酥软的羊肉配着扑鼻的香气，西安的生活真惬意啊！

（二）西安古迹：九重城阙生烟尘

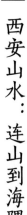

（三）西安山水：连山到海隅

一

西安四季：冲天香阵透长安

春望

[唐]杜甫

春到长安，曾经的繁华如锦，而今皆面目全非。
社稷凌乱，大地荒凉，感时伤乱，连花也流泪，
鸟也惊心。诗人举目春望，再也不复从前美好，
怎让人不无奈、叹息。

国破山河在，城春草木深。

感时花溅泪，恨别鸟惊心。

烽火连三月，家书抵万金。

白头搔更短，浑欲不胜簪。

长安早春 ①

[唐] 张子容

雪融冰化,冬日消隐。长安到处一派草长花开,装满了莺歌鸟语。人们倾城而出,欣赏那久违的春日。

开国维东井,城池起北辰。

咸歌太平日,共乐建寅春。

雪尽黄山树,冰开黑水津。

草迎金埒马,花伴玉楼人。

鸿渐看无数,莺歌听欲频。

何当桂枝擢,还及柳条新。

注:

①长安早春:一说为孟浩然所作。

曲江春望

[唐] 卢纶

曲江，位于长安城东南。因有河水水流曲折，故称曲江。该处在唐代是著名的游赏胜地。诗人于春日游览曲江，看菖蒲翻叶、杨柳交枝；玉楼金殿，分外肃静……

其一

菖蒲翻叶柳交枝，暗上莲舟鸟不知。

更到无花最深处，玉楼金殿影参差。

其二

翠黛红妆画鹢中，共惊云色带微风。

箫管曲长吹未尽，花南水北雨濛濛。

其三

泉声遍野入芳洲，拥沫吹花上碧流①。

落日行人渐无路，巢蜂乳燕满高楼。

注：

①拥沫吹花上碧流：一作"拥沫吹花草上流"。

早春呈水部张十八员外二首

[唐]韩愈

早春时节，草木都孕育在湿润里。大地上，一种含苞待放的情愫被诗人发现了。年少逐春，扑蝶戏蕊，而今年老逐春，诗人感受到了另一番况味。在经历了世事沧桑后，便放任自己，随心深陷其中。

其一

天街小雨润如酥，草色遥看近却无。

最是一年春好处，绝胜烟柳满皇都。

其二

莫道官忙身老大，即无年少逐春心。

凭君先到江头看，柳色如今深未深。

青龙寺，位于今西安市城东南的乐游原上，该寺始建于隋文帝开皇二年（582年），初名为"灵感寺"。历史上，该寺规模宏大，殿宇雄伟，曾有很多外国僧人来此学习。

尘埃经小雨，地高倚长坡。

日西寺门外，景气含清和。

闲有老僧立，静无凡客过。

残莺意思尽，新叶阴凉多。

春去来几日，夏云忽嵯峨。

朝朝感时节，年鬓暗蹉跎。

胡为恋朝市，不去归烟萝？

青山寸步地，自问心如何？

终南秋雪

[唐] 刘禹锡

终南山上下了雪，寒意渗透着整座山。诗人驻马停望，远处山雾消散处，很多树木已不再郁郁葱葱，被剃得干净。原以为已是冬日很久了，殊不知还是一场秋。

南岭见秋雪，千门坐早寒。

闲时驻马望，高处卷帘看。

雾散琼枝出，日斜铅粉残。

偏宜曲江上，倒影入清澜。

长安雪下望月记

[唐] 舒元舆

是月，还是雪？户外一瞥，夜色弥漫，如笼罩了一层碧玉般，到处是一派寂静澄明。一轮满月，冉冉上升，光华弥空，纤云不存。雪地上，月光下，长安的一切如沐、似浴，光洁无尘，让人流连忘返。

今年子月月望，长安重雪终日，玉花搅空，舞下散地，予与友生喜之。因自所居南行百许步，登崇冈，上青龙寺门。门高出绝寰埃，宜写目放抱。今之日尽得雪境，惟长安多高，我不与并。日既夕，为寺僧道深所留，遂引入堂中。

初夜有皓影入室，室中人咸谓雪光射来，复开门偶立，见沍云驳尽，太虚真气如帐碧玉。有月一轮，其大如盘，色如银，凝照东方，辗碧玉上征，不见辙迹。至乙夜，帖悬天心。予喜方雪而望舒复至，乃与友生出大门恣视。直前终南，开千叠屏风，张其一方。东原接去，与蓝岩骊峦，群琼含光。北朝天宫，宫中有崇阙洪观，如瑴珪叠璐，出空横虚。

此时定身周目，谓六合八极，作我虚室。峨峨帝城，白玉之京，觉我五藏出濯清光中，俗埃落地。涂然寒胶，莹然鲜著，彻入骨肉。众骸跃举，若生羽翎，与神仙人游云天汗漫之上，冲然而不知其足犹蹑寺地，身犹求世名。二三子相视，亦不知向之从何而来，今之从何而遁。不讳言，不嘻声，复根还始，认得真性。非天借静象，安能辅吾浩然之气若是耶！且冬之时凝沍有之矣，若求其上月下雪，中零清霜，如今夕或寡。某以其寡不易会，而三者俱白，故序之耳。

（选自《舒元舆集》）

灞上秋居

[唐] 马戴

独自居住在灞原上，诗人一人便是一个世界。
白日望天，只有大雁裁空，盘旋不息。黑夜
孤寂，无人相语，只有一盏寒灯相伴，以及
露珠滴落枯叶和邻壁野僧击磬的声音。

灞原风雨定，晚见雁行频。

落叶他乡树，寒灯独夜人。

空园白露滴，孤壁野僧邻。

寄卧郊扉久，何年致此身。

长安秋望

[唐]杜牧

秋日的长安，树叶随寒霜凋落，树干越发显得高耸挺拔。倚楼远望，谁说秋容不下一点诗意？终南山上，秋色渐染，满目皆是无处不在的明净与高远。

楼倚①霜树外，镜天②无一毫。

南山与秋色，气势两相高。

注：

①倚：倚立。

②镜天：比喻天空如同明镜一样。

长安雪后，秦陵汉苑穿戴上了一场大雪的白。乐游原上，车马载客，川流不息。人人都忙着游戏与享乐，似乎只有诗人一人是清闲、闲散的。

秦陵汉苑①参差雪，北阙南山次第春。

车马满城原②上去，岂知惆怅有闲人。

注：

①秦陵汉苑：指秦代的陵墓，汉代的苑囿。

②原：这里指乐游原。

长安晚秋

[唐] 赵嘏

月已西沉，只有残星悬垂，一声长笛惊破了诗人的凝望。收转目光，他俯瞰楼下紫菊含苞半开，洲上莲蕖褪下淡红衣装……思绪不知不觉飘向远方的故乡。

云物凄清拂曙流，汉家宫阙动高秋。

残星几点雁横塞，长笛一声人倚楼。

紫艳半开篱菊静，红衣落尽渚莲愁。

鲈鱼正美不归去，空戴南冠学楚囚。

长安春晚二首

[唐] 温庭筠

春日长安，摇摆在晴天和雨天之间，晴的明媚，雨的朦胧，让人感叹"淡妆浓抹总相宜"。诗人感慨，在这样的美景下，纵使满心愁绪，也可以一扫而空。

其一

曲江春半日迟迟，正是王孙怅望时。

杏花落尽不归去，江上东风吹柳丝。

其二

四方无事太平年，万象鲜明禁火前。

九重细雨惹春色，轻染龙池杨柳烟。

不第后赋菊①

[唐] 黄巢

等不及，九月入秋，满城菊花。谁人江山，

一身黄金铠甲，长安之上，旌旗如虹，正燃

遍天下。

待到秋来九月八，我花开后百花杀②。

冲天香阵透长安，满城尽带黄金甲③。

注：

①不第：这里指科举落第。

②杀：枯萎。

③黄金甲：这里指的是金黄的菊花如同铠甲一般。

长安清明

[唐] 韦庄

离乡背井，诗人遇多了冷漠、荒凉。清明时节，宫廷赐火，使者往来穿梭。回归这久违的故乡，即使春寒料峭，烟雨凄迷，在他的眼里，也都是可爱的。

蚤是伤春梦雨天，可堪芳草更芊芊。

内官初赐清明火，上相闲分白打钱。

紫陌乱嘶红叱拨，绿杨高映画秋千。

游人记得承平事，暗喜风光似昔年。

城南游诗八首（选一）

[清] 王士禛

三月的樊川，春的气息十分浓郁。诗人游赏至此，满眼的云蒸霞蔚，深红浅红。走着走着，只见一棵桃树的桃花开得正烂漫。这偶然的邂逅，让他惊喜不已。

樊川桃花

三月樊川路，红桃散绮霞。

终南青送黛，潏水碧穿沙。

草色裙腰合，渠流燕尾叉。

销魂过杜曲，一树最夭斜。

灞柳风雪、太白积雪，都是"关中八景"。灞河，古称灞水，两岸多种柳树，每到春天绿柳覆荫，漫天柳絮飘飘扬扬，景况极美。而太白山顶积雪终年不化，即使到了盛夏时节，仍是白雪皑皑，甚是壮观。

灞柳风雪

古桥石路半倾欹，柳色青青近扫眉。

浅水平沙深客恨，轻盈飞絮欲题诗。

太白积雪

白玉山头玉屑寒，松风飘拂上琅玕。

云深何处高僧卧，五月披裘此地看①。

注：

①看：一作"寒"。

在这冬夜里，大雪落满了华山。作者留宿玉女宫中。天是冷的，地是冷的，月光也是冷的，似乎只有他一位旅人。冰天雪地里，赏雪玩月，却让人的内心倍感炽热，难以忘怀。

玉女宫的一夜

"冰天雪地"这四个字，用来形容今夜的玉女峰，我认为最确当没有了。不到这地方，不在这时候，我们是想象不出这四个字的情景来的。

在冬天，下雪虽然是常事，大家都已见惯了的。但严格地说，平原上虽有雪地，却没有冰天。雪地的情景是容易想象的，冰天却不易见到。今天我们却要在雪地上、冰天下，度过这玉女峰的一宵了。

每人的心里，都充满着快乐，沸腾着欢慰。白天的劳倦，都给快乐和欢慰的心赶走了！

炉子熊熊地燃着，房间里是暖和得跟初春天气一样。晚膳很精美，不会喝酒的我，再来了一小杯的高粱，更觉得陶陶然起来。

苦尽甘来，这一句话是最适宜来说明此时此地的我们的。要不是今天一整天跑得太累，爬得太累，这时是决不会感觉得这样舒适的。同时，不是今天一整天西北风刮得太凶猛，冰雪结得太坚实，天气冷得太厉害，我们这时，也决不会感觉到这样的和暖的。现在的快乐，现在的欢慰，都是白天一整天的辛苦与劳倦所换来。由此可知人生旅途上，对于快乐与欢慰的获得，是不能不付适量的代价的！

玉女宫除了几个道士和六个轿夫外，便只有我们三人。轿夫和道士，自有他们的住处。这整个的房间，便为我和少明葆良所合占。

全院是静得一些声息都没有，我想到了去夏少明给我的信，上面说：

"住在山上怪静，你要是默默地想，好像你不是在华山，是在仙界。子玉，来吧！"

住在山上怪静，要是默默的想，好像不是在华山，是在仙界，这句话一点都不假。而那一声"子玉，来吧！"在我耳边响了一年多，今天，我毕竟来了！并且，事前没有约好，竟还是和着少明，再添上一个葆良同来，这不能不说是巧，这不能不说是缘吧？

说到缘，我是最相信不过的！去夏之早经计划，早经决定西游而未果固不说，就是今夏，两次已整理好了行装，只差半天就要乘车出发了，结果都临时以特殊事故中止。那时，幸而中止了，否则以预定的时日和行程计之，虽不致一定为了游嵩山，会淹死在偃师，但以陇海路为洪水冲断，也决然到不了华阴，上不了华山。千凑万凑，偏叫我于此时西游，既欢会了同乡好友，复参加了高等考试。不是缘，不能这样的巧啊！

提起缘，少明的话匣子便打开了。他和葆良的结合，是有着一段小小的波折的：幼年时，他便由父母之命、媒妁之言，和我的姑表妹订了婚。大学毕业后，对于这种买卖式的婚约绝对的不满，同时又和葆良认识了，便决意和我的姑表妹解除婚约。中间经过了我的不少斡旋和我父亲的帮忙，他才得如愿以偿，而与葆良有情人终成了眷属！今夜于华山顶上，三个人面对着谈起这几年前的往事，都不禁引起了无限的回忆。

由婚事，又谈到了各人的家事，再谈到将来的计划和献身国家的志愿。三个人都十二分的兴奋！

我们围着火炉，静静地坐着，滔滔地谈着，都珍惜这一个机会，珍惜这一段的时间，生怕这样难得的机会，这样宝贵的时间，会偷偷地溜走似的。我们都舍不得就睡。

九时，我偶一回头，淡淡的月光，刚从门户的板缝里钻了进来，泻在地上。

由于我的提议，三个人都裹了毛毯，上玉女峰步月去。

山风是虎虎地吼着，吹在人身上，有如尖刀刺着一般，冷得浑身打颤。天上微微有些云，但并不厚，淡淡的月光，便从云的上层，向下面射来。山上，树上，屋上，盖满了厚厚的雪，映着月光，拼成一片白色，耀得人两眼发花。地上都结了冰，一路走去，在静寂的空气里，传出清脆的冰块碎裂声。跑过雪地，只听得脚下嚓嚓地响着。

天是冷冷的，地是冷冷的，月光也是冷冷的。

没有烦嚣，没有尘秽；只有圣洁，只有静寂。

四围的山峰，都似入了睡，再也找不出一些动的生物，一些大的声息。

玉女宫的对面，林菁茂密中，便是白天老道指给我们看的中污。

西峰如一朵冰雪雕成的莲花，亭亭立在西面。南峰如一座冰雪堆成的屏风，稳稳遮在南边。东峰如一座冰雪琢成的玉柱，矗矗直竖立在东侧。除开这三个峰头银光闪烁的高耸云端，我们必须抬头仰视外，其余的山峰，若长蛇，若伏龟，若奔马，都于薄雾弥漫下，伏在我们脚下，射出冷冷的光辉。

这是雪地，这是冰天。

山头上，只有我们三人，在对着月，在望着雪；在看着月，在玩着雪。

在这样冷的冬天，在这样深的夜里，在这样高的山上，有谁，还有谁能如我们三人一样，带着兴高采烈的心，来踏雪赏月呢？

世界上，这样的痴人有几？这样的痴事有几？要是山灵有知，我敢断言，他必将认我们三人为千古唯一知己了！

伫立二十分钟，因为葆良受不住寒气的侵袭，仍踏着月光，悄然下山。中途，得一绝：

太华玉女宫前步月

月满天宫雪满山，茫茫眼底失尘寰。

宵深踥蹀缘何事？玉女峰头看月还。

回到玉女宫，少明葆良就安息了。我却独自一人，傍炉而坐，心上只是恋恋于冰天的月色。

我生平最爱游山，最爱于月夜游山，游军帐山于成性寺的一宿，游马迹山于分水祠的一宿，都是最感动我灵魂、最值得怀念的一幕。但那二回都是月夜，而不是雪夜；雪夜而兼月夜，应该要算这玉女峰玉女宫的一宿为第一次了！

我是应该怎样的珍惜着这玉女宫的一宵啊！

不久，少明和葆良都已呼呼熟睡。我禁不住月光，禁不住雪光的诱惑，又轻轻地开了门，独自走出院子来。

天地还是那么静，静得连自己的鼻息声、脉搏声都听得见。

雪光是白白的，月光是白白的，目前的一切，都是白白的。

天地间，为这白白的颜色、冷冷的光辉凝住了，密结了；也为这白白的颜色、冷冷的光辉净化了，圣化了。

心里没有一丝儿渣滓，只剩下浑然的一片。

名利，哪里去了，勋业，哪里去了？平日的喜怒哀乐，哪里去了？

人，不能没有名利心，不能没有勋业心，也不能没有喜怒哀乐的心；除非，像我此时此地一样，立在拔海七千五百尺的高山上，对着一天冷月、万里积雪，静静地、默默地，吟味着一切，契会着一切，使整个的心，不存一丝儿渣滓，只剩下浑然的一片。

这时，太华山顶，只有我一个痴人了！

风，还在怒吼；雪，还在发亮；月，还在闪光；人，还在痴望，还在痴想。

冒着风，忍着冻，踏着雪，对着月，孤零零的一个人，在峰头徘徊半小时，终于敌不过寒气的威逼，恋恋地下了山，依依地进了宫。这时，月亮已在中天，满院子都是月光了。

月光跟着我进了房。拥被而坐，诗思泉涌，不能即睡，口占一绝：

乙亥十一月七日夜宿太华玉女宫喜成

天风謖謖吼千山，人在中峰第几湾。

玉女宫中容我住，始知天上即人间。

游华山，竟住在玉女峰，竟住在玉女宫，竟逢雪夜，又逢月夜，我的心里，该是多少快慰哟！

世人每艳羡神仙的生活。住在这里，自身便是一个神仙了！若必薄此现实的神仙而不为，却去另寻虚诞缥缈的神仙，那他是端的错了！

半日游三峰

心里惦记着游山，八日，天刚亮，就醒来了。

唤醒了少明和葆良，商议着今天的游程，决定一早趁雪未融解前，游东、南、西三峰，然后回玉女宫进午餐，稍事休息，即行下山。

六时半起身，盥洗毕，吃了些预先带来的干点。老道送上热酒一壶，谓饮后出外可御冷风，可消寒气，盛情至可铭感。

七时，由轿夫引导，即匆匆出发，向东峰前进。

从中峰到东峰，必须爬下一条很深很陡的涧沟，平时这一条涧沟就不好爬，现在完全给冰雪封住了，更是危险到十二万分。我们每人拄了一根手杖，泼了胆，由两个轿夫一前一后扶掖着，慢慢地滑了下去。三十多丈的涧沟，实足消磨了半点钟，方才爬到尽头。再数转，便转到了东峰的山麓。

东峰自峰麓至峰顶，系一整块石壁，却于石壁的裂缝中，生着不少苍老有古致的虬松，云影雪光，相映如画。

这时太阳已经跳过平地向上空升起了，万山积雪，经阳光一照，反射出千万道的银光，向人眼前乱晃。

雪，有的山上是厚厚的，只见一片白色，好像一座雪山；但有的山却是薄薄的，甚至一些儿雪也没有。因此阳光一照，有的反射光很强，有的却很弱。强的雪光和弱的雪光交织着，银色的雪光和金色的阳光互射着，便构成了一幅绝妙的朝阳雪影图。

从这里向东望，峰峦起伏，地位都比东峰低，一望无际，不知平地在哪里。南面有横岭二三重，高与我们的肩膀相齐。落雁峰却如鹤立鸡群，亭亭独秀，奇峰插天。西则莲花峰如屏障一般，遮断了我们的视线。周围数百里，都为高高低低的峰头占满了。更远处，便是荡漾不定的浮云。弥漫无边的薄雾，把峰头遮住。分辨不清是云是雾，还是峰峦。

在这里，近景远景，都奇绝妙绝！我特地照了两张像。

上山沿路有铁索，可以扶着铁索走。所谓路，那是在整块石壁上用人工凿出来的不规律的石级，虽陡，还不很难走。不二十分钟，就到了朝阳顶峰。

顶有寺，名三茅洞。一石塞门，为桃儿石。碧水一泓，曰清龙池。绕寺一周，出趋东侧，观东峰最险之鹞子翻身。

何谓"鹞子翻身"？乃系三茅洞东侧数十步的一个悬崖，自上而下，约有二十多丈。悬崖上丰下啬，成了倒削的姿势。除了手攀铁索轻身缓缓下缝外，真的谓四面皆空，一些没有依傍处，其危险是不能设想的。别处的悬崖如上天梯等，纵使很陡，也只是上下笔直，并且从上面可以望下面平地。手攀铁索，脚可踏崖上凿成的缺口而升降，心上的恐惧总还好些。这里却不然了。因为下面是向里倒削的，从上面便看不见下面，脚也踏不到石壁，不是富有腕力的人是绝对下不去的。倘在春夏天暖之时，本来我也想试一试，现在身上既是穿着很厚重的冬服，石崖上、铁索上，又是雪深冰滑，一些用不出劲，为爱惜生命计，只能收住雄心，暂示胆怯了。

从鹞子翻身下去，南行百余步，可登博台。《华山寺》言东峰南下，有小峰平顶，当岳之半，有铁瓦亭，高可八尺，广可五尺，用铁万余斤。又铁炉铁钟，皆隆庆、万历时物，为卫叔归博台，即秦昭王令工施勾梯处，内有铁棋一秤云。我们既下不去，只有向苍松影里的棋亭望望而已。

盘桓片刻，仍循原道下山，转赴南峰。沿途行冰雪中，向阳处地上已渐潮湿。经茅庵二三，限于时间，俱未入内。

昨天累了一整天，经过一夜的休息，精神已恢复了许多，但走起路来，两条腿总还有些不听指挥。少明和葆良，更是老落在后面。

转过山坡，忽见石崖数十丈，横覆山腰，翼然如亭盖。人即从其下侧直趋而过。询轿夫，知即避诏崖。遍觅希夷手书，不可得。

华山关于希夷的古迹很多。希夷姓陈，名抟，谯郡人，字图南。少有奇才，高论骇俗，少食寡思，举进士不第。时兵戈遍地，遂隐名，辟谷炼气，撰《指玄篇》，同道风偃。唐僖宗召之，封清虚处士，居华山云台观。每闭门高卧，或兼旬不起。周世宗召入禁，上试之，扃户月余，始启，抟方酣卧，觉即辞去。赋诗云："十年踪迹走红尘，回首青山人梦频。紫陌纵荣争及睡，朱门虽贵不如贫。愁闻剑戟扶危主，闷听笙歌赌醉人。携取旧书归旧隐，野花啼鸟一般春。"还山后，因骑驴游华阴市，见邮传甚急，问知宋祖登基，抟抵掌长叹曰："天下自此定矣！"至太宗征赴，戴华阳巾，草屦乖条，与万乘分庭抗礼，遂获赐号希夷先生。帝赠诗云："曾向前朝出白云，后来消息杳无闻。如今已肯随征召，总把三峰乞与君。"真宗复召不起，为谢表，略曰："明时闲客，唐室书生。尧道昌而优容许由，汉世盛而善从南皓。况性同猿鹤，心若土灰。败荷制服，脱箨裁冠。体有青毛，足登草履。苟临轩陛，贻笑圣朝。数行天韶，徒教丹凤衔来；一片野心，已被白云留住。咏嘲风月之清，笑傲烟霞之表。遂性所乐，得意何言。"复凿石室于莲花峰下，一旦坐其中羽化而去。俗传陈抟一觉睡千年，都从这些事上附会而来的。

九时二十分到南天门，此为南峰入口处。等了一刻钟，少明、葆良方喘着气赶到。

南峰有落雁、松桧、贺老石室、宝旭、老君丹炉等五高峰。就中以落雁峰为最著名，而实以松桧峰为最高。我们决定先登松桧峰，再游落雁峰。

自南天门到金天宫，一路完全为冰雪所封。出金天宫东南行，丛林中雪深二尺余，绝无人迹，路径一些也辨认不清。我们把袜筒套在裤脚外面，长袍束在腰里，由轿夫领着，攀藤扪葛踏雪前进。几将没膝，我们狂歌呜呜，不顾一切，依然带跑带跌地奔去。葆良由少明扶着，还栽了好几跤。一个生长江南的文弱女子，昨天跑了一天，今日还能步行游山，真是难为了她！

松桧峰顶，满长松桧，郁郁苍苍，盘结如华盖。松隙有亭翼然，名杨公亭。我们于亭前苍松下，合摄一影，以为此行纪念。

此处西并落雁峰，东北与朝阳峰相对，西北与莲花峰相对。四围万峰千壑，悉伏脚下，有如环拱着的一般。

朝阳峰是一块浑然巨石，光滑滑的裸露大半，毫无蕴藏，但局面开展，气象雄伟，为他峰所不及；松桧峰却松柏翁爵，秀气独钟，韵致嫣然。譬诸人类，朝阳为三四十伟丈夫，松桧为十七八好女子；后者见了使人爱，前者见了使人敬；神妙处虽有不同，其为发泄天地间的奥秘则一。

这时太阳已在半天了，日光与雪光相映，远近曼丽如绘。

于亭中休憩片刻，仍由金天宫折返南天门。平时从松桧峰至落雁峰，据轿夫言本有一捷径，惜现为冰雪所阻，不易攀登。故仍绕道南天门，路虽远一点，却好走得多。

到南天门，在玉柱峰之东崖下，有广坪方二丈余，下临绝壑，杳不见底，仅靠南天门一边可揉攀而上，叫聚仙坪。登坪一望，万峰如削，戴立天半，方知唐人"天外三峰削不成"句"削不成"三字之妙。实则削不成者，不止天外三峰也。凭眺片时，摘下快镜，为少明、葆良合摄一影，自己也照了一张，以留纪念。

聚仙坪西侧，由南天门过去，便是华山最险的去处，叫长空栈，亦名念念喘，又名版道栈。栈系于万丈悬崖的半腰里，用人工凿成，阔仅尺许，外铺木板一块。崖上植有铁柱，敷以铁链，长凡二十余丈。须面壁缘东侧身横移而进，可通贺老避静处。从聚仙坪西望，看得最分明。

我为好奇心所冲动，首先跳下聚仙坪，奔向念念喘。

走到栈口，向下一望，陡的吃了一惊！那怎么能过去呢？下面不知有多少丈深，也不知有没有底？上面峭壁如斧削，抬头也看不见顶。现在却要于上不见顶、下不见底的危崖上，踏着人工凿陷的一尺多宽的石栈，凭铁链之力，攀援过去，哪得不心寒胆落？

踌躇复踌躇，好奇心终于战胜了恐惧心，横着胆，毅然决然地向前跨去。

面着壁，侧着身，两手紧紧握着铁链，慢慢的半步半步向西移。还不到三丈，回头向后一看。这一看，心就吓慌了，腿也吓软了，浑身都立刻颤栗起来，两只手再也用不出劲儿了，不敢西进，也不敢东退，只是紧靠在危崖上，站着像木鸡一般。这时少明也已走下聚仙坪，接踵跟来了。葆良却在坪上，声嘶力竭地喝阻少明，不要冒险。

少明为要表示他的勇敢，不顾娇妻的喝阻，依然慢慢地向西移步过来，移到我身边，便过不去了。我想起了上山时回心石上刻的"当思父母"四个大字，觉得名山虽好，栈道虽奇，也不必拼性舍命，把父母的遗体，作孤注的一掷，所以提议一同折回南天门。万一在这里栽下去，肯定是粉身碎骨，连血都看不见一滴，肉都望不见一丝，骨都捡不到一节的。

少明不知怎样，忽然胆壮起来，坚执着继续向西移，非到贺老避静处不可！

我却认为犯不着把生命冒这么大的险，决定不再前进。于是，他不肯后退，我不愿前进，两个人便僵持在长空栈的中间。

几经商议，少明决定双手攀住铁索，由我背后盘过去。此论一出，可把葆良急坏了，只是在聚仙坪上，顿足拍手地喝阻，把喉咙都喊哑了。因为我们自己面着壁，看不见自己的危险，她却于聚仙坪上，全盘情形，看得清清楚楚，故绝对不允许少明过去。我以栈道既峻且窄，加以冰冻雪凝，石上滑得好像刚拨过油的一般，要是偶一失足，三个人一同上山，剩了两个人下山，这事岂是儿戏的？所以也力劝少明折回南天门。

不料少明竟不顾一切，要由我背后越过去。我既禁不住他，只得尽我可能的，把身子靠紧石壁，嘱他握紧铁条，小心将事，以减少危险，可是心里是"荡"得什么似的。

凡三分钟，他竟安然越过我的身子了！

这时，我吓得满身是汗，葆良却急得啼笑俱非，声言此后决不再和他一同游山了！

这三分钟，比三十分钟还长！

在冰天雪地中，会吓得满身是汗。这一吓，实在是非同小可了！

"念念喘"这个名字，果是名不虚传的！

于是，我便退回南天门，少明却冒险走到了念念喘的尽头。据少明说，那边石完中，还有一丈多高的石佛呢。从此，他便常以独上老君挂犁和独过念念喘二事，夸示于我们两个人。

但是，念念喘这一幕，至今想起了，我的心还不住的"荡"着呢！

十时许，离南天门，绕道登落雁峰。这时冰雪已融化，除了照不到日光的地方外，路上都是又湿又滑的。我们尽着性子跑，鞋子湿不湿也顾不得了。

在冰雪沙泥中奔走，摸索约半小时，方到落雁峰的极顶。唐诗仙李太白曾登其处，所谓"呼吸通帝座，携句问青天"者，盖即指此。峰上有盘石五六丈，端平如桌面，其顶圆舒，均为雪封。少明以手杖剔去积雪，崖上摩刻有字。细认之，为"儿视诸峰""泰华峰头"等字。东侧有龙工祠，禅关虚掩，寂无人居。祠旁有池二，西为营蒲池，今称仰天池；东为太上泉，今称黑龙潭。二池大小，仅如塑盘。俗传颇致灵异，谓其水澄鲜，冬夏不盈耗，水窟作府，夙为龙巢，龙在则水黑，龙去则水清，为华山之顶门水云。实则为石洼积雨所成，了无可异处。我们看了，大大有些失望。

但是，在落雁峰看四围的景色，却是再好不过的。

这里挺立之高，气象之雄，足为华岳诸峰冠！"儿视诸峰"四字，可算是说尽了落雁峰的一切。

朝阳峰以雄壮胜，松桧峰以幽秀胜；而落雁峰则兼有朝阳和松桧二峰的长处。

到这里，还有人的胸襟会不开展，是天也不肯相信的！

一举手可捉得云，一投足可蹼得云，人已在云雾上。脚下、山下，已不知有多少云霞在荡漾着了。

抬头看，远远近近，镶砌着无数峰头；低头看，层层叠叠，排列着无数云头。我们却挺立在无数峰头、无数云头之上。

长啸一声，万山响应。余音历二分钟尚袅袅不绝。

在峰顶照了一张像，即曲折觅道下山，向老子峰跑去。经老君炼丹炉，入内小憩。

自炼丹炉下行，路径完全被冰雪盖没了，下雪以后还没有人走过，所以一些都辨认不出。但我们今天要到西峰，是非走这条路不可的。于是由一轿夫前导，余则左右扶持，觅路慢慢下去。这里是背阴的去处，冰雪还没融化，石上结着冰，滑得什么似的。我只拣雪上、草上走。虽是十二分的谨慎，我仍在斜坡上滑了一跤。少明和葆良跌的次数更多。连轿夫也有跌了的。

我笑着对少明说："照我们这一次的游山，真是只要游山，不要性命的了！"引得大家哈哈大笑。声震山谷，乱鸦惊飞。远望屈岭，自舍身崖蜿蜒直达西峰顶，气势与苍龙岭相伯仲，心头为之一凛。

十一时半，到舍身崖。崖在西峰之麓，面对老子峰的阴面。西为千寻深壑，东则隔中洿而对中峰和东峰。远眺近瞩，无乎不宜，岚光雪影，明媚夺目。立在舍身崖上，请少明为我照了一张像。

上行，屈岭近加填筑，还不十分危险。经斧劈石，于十二时，到了莲花峰顶的翠云宫。

宫前有莲花洞，其上为白莲池，深不盈尺。古人谓莲花开十丈者，妄也。近人傅增湘氏谓："西峰以莲花得名，并非芙蕖盈亩，直以石称奇耳。石嵌隆异状，纹理斐斑。峰顶巨石数蹲，疏薄如剪叶。人自小仰视之，浮石八九，筋络被之者，如莲叶之倒垂。皴裂秀出，片片欲飞者，如莲瓣之半坼。有两石昂首敦拇，如欲行者，为巢莲叶之龟也。其他飞翻侧出，如萼如蒂者，皆可想象得之。余还步一周，玩其空灵秀逸，意态生动，几疑为仙真游戏，弄此狡桧，非尘凡所得而摹拟，泃造化之奇秘矣。"所论盖极可置信。

翠云宫方在大兴土木。葆良由道士招待休憩，我和少明赴宫后浏览一周，以尽莲花峰之胜。

峰顶巨石堰盖，远望如莲花怒放，巧不可阶。石隙虬松数株，苍劲古老，株株可以入画。我和少明于石莲蓬卜各摄一影。峰后有杨公塔，矗立松林中，恰恰作了我们小照的背景。

因为时间已不早，于十二时半，急急离翠云宫，向东侧下山。经莲花坪，巨桧苍松，参天匝地，境绝幽峭。越镇岳宫，过中污，都是羊肠小道，但林著茂密，涧流潺溪，别饶情趣。

这时，肚子已饿极，两足已倦极，惟渴盼中峰早一点到。葆良更是一步一握，十步一坐，喘汗不息。我和少明如哄小孩子似的，常以"中峰就快到了"骗着她。

千回万转，终于下午一时，回到了望眼欲穿的玉女峰。老道也已守候我们好久了。

今天，我们尽半日之力，将东、南、西三峰，踏着冰雪，完全游遍，身体虽疲累，精神却极欢畅。

在玉女宫前，再看了看无根树、玉女洗头盆和唐玄宗投简处。我们还有余勇可贾，余兴可作呢。

前日来华阴时，虽下雨下雪，昨今二日，却连连放晴，老天给我们的机遇太好了！一日半之间，游遍华岳全山诸名胜，我们此行的收获也太好了！

我的心头，沸腾着说不出的喜悦，充塞着未曾有的满足，缓缓地踱进了玉女宫。

才入名山归去来

世之游华岳者，我想绝没有像我们一样，在半天之中，冲着冰雪，游遍东、南、西三峰的！此游固嫌匆忙一些，但为时间所限，既不愿不游，又不能多游，结果游愿既偿，时间又不延误。在现代什么都是十分忙乱的人生中，应该足以自豪的了！

倦游归来，吃上饱饱的一餐午饭。风味的佳美，是不能以平日的午膳来比拟的。我们所服食的，虽非析玉炊珠，但两餐下肚，自己也觉得有些仙风道骨了。

饭罢休息片刻，午后二时，我们一行九人，飘飘然地，于阳光雪影交织中，束装下山了。玉女峰，想望了多少年的玉女峰，和她相聚了仅仅一天一夜，现在又要和她告别了，心上是有些依恋难舍的。

我为什么不在这里多住几天呢？这，不能不怪我们太没有勇气打开人生的枷锁了！昨日入山，今日出山，天女有知，恐亦将笑我这一个痴人吧？临行，记以一绝：

别香炉峰

足底云山乱作堆，香炉峰上暗低徊。

此行合被山灵笑，才入名山归去来。

对玉女，对山灵，我怀着一种抱愧的心理，一步一回头地离去了玉女宫。

别了，玉女宫！别了，玉女宫的雪光，玉女宫的月色！

这时正是一天阳光最强的时候，路上的冰雪，不在阴暗处的，都已融化了，一路是湿漉漉的。

上山固滑，下山更滑。

我们昨天上山时，冰雪载途，滑得不堪，但因上山很费力，一步一级，慢慢上升，虽滑，小心些，还不很容易跌；现在下山，费力固可差些，但身体却直往下冲，两个腿弯，只觉得软软的，要向下面栽去。幸而一支手杖，助了绝大的力。

经阳光消蚀过的雪，变成东一堆、西一堆的，松散地浮在道上，零乱地凝在树上，粗疏地积在岗峦岩石上，点缀这苍老的山峰。

一草一木，一丘一壑，展开在我们面前的，与昨天上山时，又有一番新的认识，新的体会。

风，比昨天小了许多，天气也暖和了许多；但脸面上，因为昨天吹了一天的冷风，火辣辣地怪不好受。

路虽滑，下山毕竟可省不少力，时间也经济好多。不到半点钟，我们已过金锁关，而到通明宫了。下面，便是惊心骇魄的苍龙岭。

逸神岩和近五云峰一段的苍龙岭，不容易照到阳光。这样暖和的天，路上冰雪，还是丝毫没有融解。

今天，我们是下坡，风又小了，站得住脚。关于苍龙岭整个的体势，比昨天看得清楚了许多。

苍龙岭非但是奇怪，并且是万分的雄壮！浑然一线，直贯五云峰和云台峰。两面是削壁，别无支脉可通行旅。在此，除南北双峰兀兀对峙外，上下左右，绝没有一丝依傍。气象之雄阔，局面之险虚，真是得未曾有！

我们仍和昨天一样，握着铁链，小心翼翼，一步一步地匍匐着向下移。

到中途，我想看一看两边究竟有没有底。壮着胆子，紧攀铁柱，倾身向外，作了几度的试探；但结果都是告失败了，一次也没有见到底！

苍龙岭的险是可想而知了！

岭上铁索，都悬一铁牌，注明系杨虎城、顾祝同诸氏所捐建，便利游人，真非浅鲜。

过苍龙岭，下上天梯，越阎王碥。一路是没有一分一秒钟不是提心吊胆的。走到阎王碥的尽头，才舒舒适适地吐了一口气。庆幸自己的生命，总算从阎王爷手里夺回来了。

口占一绝，即以自寿：

下阎王碥

壮魄消磨铁胆催，此行天幸得生回。

从今不作重游计，怕共阎王夺命来。

"从今不作重游计"，这句诗不是说着玩的，确确实实是我的由衷之言。君左说："华山不可不游，不必再游。"此语非过来人不能道，也非过来人不能领会。愿识之，以质千秋万世之游华山者。

自北峰下行，经铁牛台、猢狲愁而到老君离垢（现为犁沟）。遇见一个中年的苏州人，独自步行登山。此君游兴之豪，倒也和我们相仿佛呢。

走过了苍龙岭和念念喘，再看过了鹞子翻身，我们对于老君离垢的危险，已不若昨日上山时的恐惧，安心地一级一级向下跑，到此已达"履险如夷"的功候了。想起来，自己也觉得好笑。

三时五十分到二仙桥。最险的，只有百尺峡和千尺幢二处了。

百尺峡因为太陡，仍和上山时一样，面孔向着石壁，两手紧紧握住铁索，缓缓下绲。绲尽百尺峡，未数步，即为天井。入井，即千尺幢，谨慎地慢慢向下走。四点二十分，过回心石，到灵宫殿，即令道人煮茗解渴。

这时太阳已经斜西了。阳光的威力，远不如中午时强。一坐定，便有寒意了。

复下行，一路横冲直撞，尽着两条疲倦不堪的腿，向前奔去。过了一重山，再有一重山；下了一道岭，更有一道岭，好像永远走不完的。昨日上山，因有无限的好奇心，跟着山峰的改换，要穷极其胜，所以爬上多少山峰，当时并不显明地觉得；现在下山，已是兴尽归来，不复贪恋于山水的奇幻曲折，一心只想赶路，所以分外觉得路远。万转千回，青柯坪总不见来到。

下山时，少明和葆良简直跑不动了。我也累得太厉害，但鼓足勇气，始终走在最前面，担任着开山辟路的急先锋。

午后五时，终于跑到了青柯坪。因天色不早，急急易轿下山。过十八盘，已暮色苍然。经莎萝坪、希夷峡、五里关，都下轿小憩。中途有煤块一大方，半露地面。煤的表面因为风雨的侵蚀，已发青色。刮去外层，里面纯粹是煤质。我疑心在这山下是蕴藏着煤矿。

复下行，经张超谷，过鱼石。在离玉泉院不到半里的山脚下，发现了更多的煤苗。涧里流出来的水，经过煤层的滤沥，涧水都染成黑色了。有许多一方尺大小的煤块，竟完全裸露在外面。这样，我在半途怀疑这山下蕴藏着煤矿的事是证实了。

西侧石壁上，刻有"华山奇险甲天下"七个大字，看了实获我心。

六时方到玉泉院，天色已逐渐地暗下来了。付了轿资，预约明晨六时前，来院送我们上华阴车站。

名震千古、怀想多年的华山，给我们匆匆游过了。心上是十二分的快慰。

晚膳后，三个人围着一盏煤油灯，谈着此次的巧遇和明日的行程。连天疲劳，都为娓娓清谈驱至九霄云外了。

我之华山观

华山，冰天雪地中的华山，我们尽两日之力，总算匆匆游过了。

古今之游华山者不知有多少，古今之游华山而留下记载者也不知有多少。对于华山，见仁见智，评述意见，很不一致；但推崇华山，歌颂华山，是于不一致中完全一致的。

就我听读过的古今十余家华山游记中，其推尊华山、歌颂华山，至吾友易君左诗人而极。

他一则曰："当余写华山之前，余颇踌躇：以余之一枝秃笔，如何而能描写华山。华山之伟大，它雄而且秀，匪独余，恐任何人不能形容。……

然而文字也，影象也，能写华山，能映华山，而终不能得华山。得华山者，必将华山整个的精神，全盘的精髓，统一的灵魂而得之，其乐乃无穷，所得为独到，而余愧不能也。"

他再则曰："余大声疾呼曰：凡胆小者不可游华山！凡脚腰不健身体不强者不可游华山！凡近视眼及胖子不可游华山！凡游伴不多者不可游华山！凡起居饮食不耐艰苦者不可游华山！故游华山有五不可。但又有五必游：凡欲知中华民族性格之伟大者必游华山！凡欲探造物之奇与神工鬼斧大自然之威力者必游华山！凡欲畅览真山、真水、真云、真雾、真松、真石之奇景者必游华山！凡欲坚强体魄，锻炼身心，刚毅其意志，预为天下国家之大任者必游华山！凡爱读侠义、武侠、奇侠、侦探等小说而豪气冲霄汉，文光射斗牛者尤不可不游华山！故华山有五必游，五不可游。"

他三则曰："余更进而为华山之品评。第一论华山之山势。吾人幼时，讽颂'云横秦岭家何在，雪拥蓝关马不前'之句，而华山乃笔立秦岭之上，千万烟峦如戟、如笋，如黑头攒动，共捧五大高峰，四方皆削成，突入天表！既无来龙，复无去脉，凭空跃起，昂首自雄，前无古人，后无来者。余等至华阴，山为大雾所蒙，已而云端隐隐露其轮廓，惊骇恐惧，出人意外！西南二峰，垒出如参天芙蓉，绝无偎倚。第二论华山之石。游东磊，已叹山石之奇；然东磊山石皆碎而小，凝合全东磊山石，不足华山之一石。华山之一石即一峰，一峰一大石，突兀磅礴，横绝千古！其石无所谓小姿态，如豪士阔步，不暇雕琢。石之洁白晶莹，间参玄黄，如仙人掌一片石，天生亦无此奇掌。凡石皆一大块，一大片，无衔接，无联络，独立而无倚，山之最强者也！第三论华山之松。山下无松，山腰渐有松，山顶松成林，无一松不佳，无一松不奇，有大将军、二将军等名目。姿态夭矫如游龙，如祥麟威凤，落日愁云，映此横空绝艳之莽苍苍色，美不可言！黄山之松，短而伏，泰山之松，瘦而高，各有其形象；华山之松，株株朴实古茂，韵味悠远，任何一株，皆画中物，任何一画，无此秀姿。第四论华山之云雾。华山有大云，余晴日登山，恨未得见，然余得观华山之雾。山外见雾，已不见山，山内见雾，更不见山，人在雾中，亦不见人，雾散天开，人仍不见。有一时会，不知摒在山外，抑在山巅，不知身在云端，抑在雾里。曩观华山艳史，云海弥漫，今虽不见云而有云意，虽见雾而无雾情。鸿蒙初开，乾坤浑沌，苍迷一体，空幻无凭。第五论华山之泉瀑。泉流淙淙，绕山四匝，清沁心脾，明可鉴发。游华山者最好雨后新晴，云景既收，泉声大作。全山皆瀑布，庐山仅三叠，华山有多至数十叠者。余等登山，适值晴旱，泉瀑痕迹，历历山腰，倒悬横泻，姿态犹存。或谓华山无水为憾，不知天下名山，无不有水。华山之水，如道人炼丹，百炼始纯，如才人吟诗，八叉即就。以上数端，为华山之特征，合而评之，得四字：'伟大奇秀'，悬诸国门，一字不移。凡天下之山，有伟大而不奇秀者，亦有奇秀而不伟大者；兼而有之，厥唯华岳。华山者，秉道家之奇，传儒家之秀，发扬光大佛家之伟大者也！"

其推尊华山、歌颂华山，可谓至矣，可谓极矣！现请一述我此行的印象和对于华山的意见：

自来游山水而发为品评的，因为"笔尖带有情感"的缘故，每多失之夸诞虚妄，渲染过甚。这种夸诞狂，已差不多成了一种流行病。凡笔尖的情感愈浓，则文章里所含的病菌愈烈。虽易耸人听闻，引人入胜，但究竟离开了山水的真象实相，未可深取。我自去年十一月初旬踏冰雪游太华后，人事纠缠，直到最近方才动笔写当日的游记，中间已经隔了六个多月，心头的兴奋已过，笔尖的情感已淡，凡所论列，俱系冷静着头脑写下来的，虽不敢说绝对没有夸张的成分，却可保证夸张的成分已减到最少限度。

我现在可以这样正告世人：华山，有一言可以尽之，曰：险！无论华山是怎么的伟大，怎么的雄秀，怎么的奇怪瑰丽，变幻神妙，一个"险"字，俱足以尽之。

何则？名山之为山，必有其所以胜。或以皮胜，或以肉胜，至于华山，则实以骨胜。华山之神在乎骨，华山之魄在乎骨，华山之特质亦在乎骨；而华山之骨，又悉系乎华山之石！华山之石，成了华山之骨，也成了华山之神之魄之特质！华山没有了石，非特华山没有了骨，没有了神，并且没有了一切。所以华山的一切，都建筑在华山的石上。

华山之石，在内成了华山之骨，在外成了华山之神魄特质！

华山之石，见之于山，便成了华山的伟大雄秀，瑰奇怪绝；形之于人，便是险！

一个石字，说尽了华山的一切；一个险字，说尽了人对华山的一切。

华山的峰峦、丘壑、云雾、松桧、泉瀑，以及精神气魄等一切外观，都从石上来！人对华山的悸怖、畏怯、敬仰、舒快、依恋，以至颂拜讴歌等一切心理，都从险字上来。

华山之石和华山之险是一而二、二而一，互相为表里的。

说到险，华山没有一峰不险，没有一岭不险，也没有一处不险！

从山麓到山巅，入乎目者是险，震乎耳者是险；蹴乎足，接乎手，及乎身者也是险；可以说：整个的华山都是险！

华山之险，却由于华山之石。

说到石，在旁的山，大如卵，如拳，如牛马，至多也只如壁，如屋，很少再有比屋大的。华山却不然了：一块石便是一座峰，一片石便是一道岭。一岭一石，一峰一石，绝无拼合堆叠而成的。别处的石，其状如刀，如剑，如戟，至多如伏龟，如跃蛙，如奔马。华山却不然了：一石壁可直冲霄汉，截断风云；一危崖可斜覆百丈，横蔽风雪；一高岗可绵延二三里；一巉岩可坐立千万人。无物不有，无物不肖，亦无石不奇，无石不险！我们初登山时，看见涧沟里数十方丈大小的鱼石，便已很惊奇了，后来立千尺幢，越百尺峡，经老君离垢，过苍龙岭，睹仙掌崖，谒朝阳峰，觉得鱼石连小巫比大巫都够不上资格了，对于自己初时的惊奇，更不禁失笑起来。

华山之石，实在是伟大的，雄壮的，瑰奇怪丽的！

华山之石，造成了华山之险！

华山的险，可分大，中，小三等。先说大险，计有六处：

登山必须经过的：首是千尺幢，次是百尺峡，继是老君离垢，最后为苍龙岭。论其险的程度，自以苍龙岭为第一，百尺峡次之，千尺幢又次之，老君离垢为最末。

登山不必经过，我们可以游，可以不游的，在东峰为鹞子翻身，在南峰则为念念喘。

六大险中，单论险，应以念念喘为第一。但念念喘非登山必经之路，完全是出于人工之穿凿，且气象之壮阔，体势之雄伟，均远不如苍龙岭，所以还是推苍龙岭为第一！

再说中险，则有无数处。其最著者如五里关，如十八盘，如二仙桥，如擦耳崖，如猢狲愁，如阎王碥，如金锁关，如仰天池，如舍身崖，如屈岭，多至不可胜计。

至于小险，在华山，简直是无从说起了。自青柯坪以上，可以说无地不险，无路不险，无石不险，无峰不险，并且没有一处的险不惊心动魄！

所以华山给予游人的整个印象便是险，游人对于华山的整个印象便是怕！

因此，不是浑身是胆的人，不能游浑身是险的华山！

因为只是险，因为只是怕，所以华山游过以后，绝少余味。

但是游山却应该如吃橄榄一般，吃过后有吃不尽的余味的；在这一点上，无疑的，华山是比较的逊色了！

我之"从今不作重游计"者以此，易诗人之"华山不可不游，不必再游"者殆亦以此。

话又要说回来了，华山固然是险，固然是怕，却并非一些没有引人入胜、令人留恋的地方！

引人入胜、令人留恋的必要条件，无论是山，无论是水，都要幽秀，都要清丽，都要曲折深邃而有蕴藏含蓄。换言之，便要使人爱，不要使人怕！

华山合乎上述的条件，而令人留连忘返、不忍遽去的，我以为有下列四处第一是玉泉院。奇峰怪石，茂林修竹，行云流水，凡成为名胜所不可缺的条件，它都具备。而清幽、秀丽、静穆、深邃，尤称独绝！我以为真没有时间、没有勇气上华山的人，就在此住一天两天，领略山情水趣，岚光云影，亦无不可。

第二是松桧峰。华山之胜在乎石，因为石多，全山便骨露筋张，树木稀少。独松桧峰数里内郁郁苍苍，枝叶蔽天，蔚为奇观。挺立既高，万山环抱，贴邻三峰，俯中污，摩上穹，松如盖，怪石破空，幽深峭丽，全山称绝。赏雪玩月，尤推独步。

第三是玉女峰。群峰围合，石壁峭奇，秀色可餐，更有玉女洞箫之胜，堪称华山幽秀风景结晶处。尤其玉女宫，修竹精舍，位居峰顶。松风稷稷，涧水淙淙，诗情画意，清丽独绝。端合小住，徘徊松林、山涧，咏嘲风月，笑傲烟霞，修身养性，不失仙境。

第四是云台峰。北峰地位，虽亚于三峰；而遍山松涛，万壑泉声，可助游兴，可益诗情。仰眺俯瞰，近瞻远瞩，无乎不宜。

这四处，是华山令人爱的地方。但以全山令人怕的地方太多，往往为游人所忽略了！

对于华山，我的意见便是如此。现在总结起来，可以归纳成下面的几句：

"华山之胜在骨，华山之骨在石。"

"华山给人的整个印象是险，人对华山的整个印象是怕。"

"华山有六大险，以苍龙岭为第一，百尺峡、千尺幢次之，老君离垢又次之。而以念念喘及鹞子翻身为最荡人心魂。"

"华山无地不险，无石不险，无峰不险。"

"不是浑身是胆的人，不能游浑身是险的华山。"

"玉泉院、松桧峰、玉女峰和云台峰，在华山是比较幽深秀丽、令人可爱的去处，但多为险和怕所掩，不惹人注意。"

"华山不可不游，不必再游！"

（二）

西安古迹：九重城阙生烟尘

西都赋

[两汉]班固

壮丽宏大的长安城,奇伟华丽的宫殿,奢侈淫靡的后宫生活……作者以一问一答的方式,多方涉笔,只为在文中重现当年盛世下的长安城,铺写有序,层次井然,极具艺术感染力。

有西都宾问于东都主人曰:"盖闻皇汉之初经营也,尝有意于都河洛矣。辍而弗康,实用西迁,作我上都。主人闻其故而觊其制乎?"主人曰:"未也。愿宾摅怀旧之蓄念,发思古之幽情,博我以皇道,弘我以汉京。"

宾曰:"唯唯。"汉之西都,在于雍州,实曰长安。左据函谷、二崤之阻,表以太华、终南之山。右界褒斜、陇首之险,带以洪河、泾、渭之川,众流之隈,汧涌其西。华实之毛,则九州之上腴焉;防御之阻,则天地之隩区焉。是故横被六合,三成帝畿,周以龙兴,秦以虎视。及至大汉受命而都之也,仰悟东井之精,俯协河图之灵,奉春建策,留侯演成;天人合应,以发皇明,乃眷西顾,实惟作京。于是睎秦岭,跂北阜,挟沣、灞,据龙首。图皇基于亿载,度宏规而大起。肇自高而终平,世增饰以崇丽,历十二之延祚,故穷奢而极侈。建金城而万雉,呀周池而成渊,披三条之广路,立十二之通门。内则街衢洞达,闾阎且千,九市开场,货别隧分,人不得顾,车不得旋,阓城溢郭，旁流百廛，红尘四合，烟云相连。于是既庶且富，娱乐无疆，都人士女，殊异乎五方，游士拟于公侯，列肆侈于姬、姜。乡曲豪举游侠之雄，节慕原、尝，名亚春、陵，连交合众，骋骛乎其中。

若乃观其四郊，浮游近县，则南望杜、霸，北眺五陵，名都对郭，邑居相承；英俊之域，绂冕所兴，冠盖如云，七相五公。与乎州郡之豪杰，五都之货殖，三选七迁，充奉陵邑。盖以强干弱枝，隆上都而观万国也。封畿之内，厥土千里，逴跞诸夏，兼其所有。其阳则崇山隐天，幽林穹谷，陆海珍藏，蓝田美玉。商、洛缘其隈，鄠、杜滨其足，源泉灌注，陂池交属。竹林果园，芳草甘木，郊野之富，号曰近蜀。其阴则冠以九嵕，陪以甘泉，乃有灵宫，起乎其中；秦、汉之所极观，渊、云之所颂叹，于是乎存焉。下有郑、白之沃，衣食之源，提封五万，疆场绮分。沟塍刻镂，原隰龙鳞，决渠降雨，荷插成云，五谷垂颖，桑麻铺棻。东郊则有通沟大漕，溃渭洞河，泛舟山东，控引淮湖，与海通波。西郊则有上囿禁苑，林麓薮泽，陂池连乎蜀、汉，缭以周墙，四百余里，离宫别馆，三十六所，神池灵沼，往往而在。其中乃有九真之麟，大宛之马，黄支之犀，条支之鸟，踰崑苍，越巨海，殊方异类，至三万里。

其宫室也，体象乎天地，经纬乎阴阳，据坤灵之正位，倣太、紫之圆方。树中天之华阙，丰冠山之朱堂。因瑰材而究奇，抗应龙之虹梁，列棼橑以布翼，荷栋桴而高骧。雕玉瑱以居楹，裁金壁以饰珰，发五色之渥彩，光焰朗以景彰。于是左城右平，重轩三阶，闺房周通，门闼洞开。列钟虡于中庭，立金人于端闱，仍增崖而衡阈，临峻路而启扉。徇以离殿别寝，承以崇台闲馆，焕若列宿，紫宫是环。清凉宣温，神仙长年，金华玉堂，白虎麒麟，区宇若兹，不可殚论。增盘崔嵬，登降炤烂，殊形诡制，每各异观，乘茵步辇，唯所息宴。后宫则有掖庭椒房，后妃之室，合欢增成，安处常宁，茝若椒风，披香发越，兰林蕙草，鸳鸯飞翔之列。昭阳特盛，隆乎孝成，屋不呈材，墙不露形。裹以藻绣，络以纶连，随侯明月，错落其间，金釭衔璧，是为列钱。翡翠火齐，流耀含英，悬黎垂棘，夜光在焉。于是玄墀釦砌，玉阶彤庭，碝磩彩致，琳珉青荧，珊瑚碧树，周阿而生。红罗飒纚，绮组缤纷，精曜华烛，俯仰如神。后宫之号，十有四位，窈窕繁华，更盛迭贵，处乎斯列者，盖以百数。左右廷中，朝堂百僚之位，萧、曹、魏、邴，谋谟乎其上。佐命则垂统，辅翼则成化，流大汉之恺悌，荡亡秦之毒螫。故令斯人扬乐和之声，作画一之歌，功德著乎祖宗，膏泽洽于黎庶。又有天禄、石渠，典籍之府，命夫谆诲故老，名儒师傅，讲论乎六艺，稽合乎同异。又有承明、金马，著作之庭，大雅宏达，于兹为群。元元本本，殚见洽闻，启发篇章，校理秘文。周以钩陈之位，卫以严更之署，总礼官之甲科，群百郡之廉孝。虎贲赘衣，阍尹阍寺，陛戟百重，各有典司。周庐千列，徽道绮错。辇路经营，修除飞阁。自未央而连桂宫，北弥明光而亘长乐，陵隥道而超西墉，掍建章而连外属，设璧门之凤阙，上觚棱而栖金爵。内则别风之嶕峣，眇丽巧而耸擢，张千门而立万户，顺阴阳以开阖。尔乃正殿崔嵬，层构厥高，临乎未央，经骀荡而出馺娑，洞枌诣与天梁，上反宇以盖戴，激日景而纳光。神明郁其特起，遂偃蹇而上跻，轶云雨于太半，虹霓回带于棼楣；虽轻迅与儦狡，犹愕眙而不能阶。攀井幹而未半，目眴转而意迷，舍棂槛而却郤倚，若颠坠而复稽，魂怳怳以失度，巡回涂而下低。既惩惧于登望，降周流以徬徨，步甬道以萦纡，又杳窱而不见阳。排飞闼而上出，若游目于天表，似无依而洋洋。前唐中而后太液，览沧海之汤汤，扬波涛于碣石，激神岳之嶈嶈，滥瀛洲与方壶，蓬莱起乎中央。于是灵草冬荣，神木丛生，岩峻崷崒，金石峥嵘。抗仙掌以承露，擢双立之金茎，轶埃堨之混浊，鲜颢气之清英。骋文成之丕诞，驰五利之所刑；庶松乔之群类，时游从乎斯庭，实列仙之攸馆，非吾人之所宁。

尔乃盛娱游之壮观，奋大武乎上囿，因兹以威戎夸狄，耀威灵而讲武事。命荆州使起鸟，诏梁野而驱兽，毛群内阗，飞羽上覆，接翼侧足，集禁林而屯聚。水衡虞人，理其营表，种别群分，部曲有署。罘网连纮，笼山络野，列卒周匝，星罗云布。于是乘銮舆，备法驾，帅群臣，披飞廉，入苑门。遂绕酆镐，历上兰，六师发逐，百兽骇殚；震震爚爚，雷奔电激，草木涂地，山渊反覆，蹂躏其十二三，乃拗怒而少息。尔乃期门佽飞，列刃钻鍭，要趹追踪，鸟惊触丝，兽骇值锋。机不虚掎，弦不再控，矢不单杀，中必迭双。飑飑纷纷，矰缴相缠，风毛雨血，洒野蔽天。平原赤，勇士厉，猨狖失水，豺狼慑窜。尔乃移师趋险，并蹈潜秽，穷虎奔突，狂兕触蹶。许少施巧，秦成力折，掎僄狡，扼猛噬，脱角挫脰，徒搏独杀。挟师豹，拖熊螭，曳犀犛，顿象罴，超洞壑，越峻崖，蹶崭岩。钜石隤，松柏仆，丛林摧，草木无余，禽兽殄夷。于是天子乃登属玉之馆，历长杨之榭，览山川之体势，观三军之杀获。原野萧条，目极四裔，禽相镇压，兽相枕藉。然后收禽会众，论功赐胙，陈轻骑以行炰，腾酒车以斟酌，割鲜野食，举烽命釂。飨赐毕，劳逸齐，大路鸣銮，容与徘徊。集乎豫章之宇，临乎昆明之池，左牵牛而右织女，似云汉之无涯。茂树荫蔚，芳草被隄，兰、芷发色，晔晔猗猗，若摛锦布绣，煽燿乎其陂。玄鹤白鹭，黄鹄鸧鹤，鸧鸹鸧鹔，凫翳鸿雁；朝发河海，夕宿江汉，沉浮往来，云集雾散。于是后宫乘軨辂，登龙舟，张凤盖，建华旗，袚龋帷，镜清流，靡微风，澹淡浮。櫂女讴，鼓吹震，声激越，蜚厉天，鸟群翔，鱼窥渊。招白鹇，下双鹄，揄文竿，出比目。抚鸿罿，御矰缴，方舟并驾，俛仰极乐。遂乃风举云摇，浮游普览，前乘秦岭，后越九嵕，东薄河、华，西涉岐、雍；宫馆所历，百有余区，行所朝夕，储不改供。礼上下而接山川，究休祐之所用，采游童之欢谣，第从臣之嘉颂。于斯之时，都都相望，邑邑相属，国藉十世之基，家承百年之业。士食旧德之名氏，农服先畴之畎亩，商循族世之所鬻，工用高曾之规矩，粲乎隐隐，各得其所。若臣者，徒观迹于旧墟，闻之乎故老，十分而未得其一端，故不能徧举也。"

长安古意

[唐]卢照邻

诗人以多姿多彩的笔调描绘着盛世下的长安全貌，进退有度，深中肯綮。不仅展现了唐王朝帝都的繁荣昌盛，也揭示了这背后的伤痕。有道是，人人皆以为这荣华将永在，却不知，终将会灰飞烟灭。

长安大道连狭斜，青牛白马七香车。

玉辇纵横过主第，金鞭络绎向侯家。

龙衔宝盖承朝日，凤吐流苏带晚霞。

百尺游丝争绕树，一群娇鸟共啼花。

游蜂戏蝶千门侧，碧树银台万种色。

复道交窗作合欢，双阙连甍垂凤翼。

梁家画阁中天起，汉帝金茎云外直。

楼前相望不相知，陌上相逢讵相识？

借问吹箫向紫烟，曾经学舞度芳年。

得成比目何辞死，愿作鸳鸯不羡仙。

比目鸳鸯真可羡，双去双来君不见？

生憎帐额绣孤鸾，好取门帘帖双燕。

双燕双飞绕画梁，罗帷翠被郁金香。

片片行云着蝉翼，纤纤初月上鸦黄。

鸦黄粉白车中出，含娇含态情非一。

妖童宝马铁连钱，娼妇盘龙金屈膝。

御史府中乌夜啼，廷尉门前雀欲栖。

隐隐朱城临玉道，遥遥翠幰没金堤。

挟弹飞鹰杜陵北，探丸借客渭桥西。

俱邀侠客芙蓉剑，共宿娼家桃李蹊。

娼家日暮紫罗裙，清歌一啭口氛氲。

北堂夜夜人如月，南陌朝朝骑似云。

南陌北堂连北里，五剧三条控三市。

弱柳青槐拂地垂，佳气红尘暗天起。

汉代金吾千骑来，翡翠屠苏鹦鹉杯。

罗襦宝带为君解，燕歌赵舞为君开。

别有豪华称将相，转日回天不相让。

意气由来排灌夫，专权判不容萧相。

专权意气本豪雄，青虬紫燕坐春风。

自言歌舞长千载，自谓骄奢凌五公。

节物风光不相待，桑田碧海须臾改。

昔时金阶白玉堂，即今惟见青松在。

寂寂寥寥扬子居，年年岁岁一床书。

独有南山桂花发，飞来飞去袭人裾。

诗人选取汉代的长安风貌起笔，从长安地势
的险要奇伟到长安宫殿的磅礴壮丽，再到那
时的鼎盛人文，寥寥数语勾勒出了泱泱大国
的帝都风貌。以古喻今，抒情言志，不愧为
绝唱之作。

山河千里国，城阙九重门。

不睹皇居壮，安知天子尊！

皇居帝里崤函谷，鹑野龙山侯甸服。

五纬连影集星躔，八水分流横地轴。

秦塞重关一百二，汉家离宫三十六。

桂殿嶔岑对玉楼，椒房窈窕连金屋。

三条九陌丽城隈，万户千门平旦开。

复道斜通鹙鹊观，交衢直指凤凰台。

剑履南宫入，簪缨北阙来。

声名冠寰宇，文物象昭回。

钩陈肃兰庑，璧沼浮槐市。

铜羽应风回，金茎承露起。

校文天禄阁，习战昆明水。

朱邸抗平台，黄扉通戚里。

平台戚里带崇墉，炊金馔玉待鸣钟。

小堂绮帐三千户，大道青楼十二重。

宝盖雕鞍金络马，兰窗绣柱玉盘龙。

绣柱璇题粉壁映，锵金鸣玉王侯盛。

王侯贵人多近臣，朝游北里暮南邻。

陆贾分金将宴喜，陈遵投辖正留宾。

赵李经过密，萧朱交结亲。

丹凤朱城白日暮，青牛绀幰红尘度。

侠客珠弹垂杨道，倡妇银钩采桑路。

倡家桃李自芳菲，京华游侠盛轻肥。

延年女弟双凤入，罗敷使君千骑归。

同心结缕带，连理织成衣。

春朝桂尊尊百味，秋夜兰灯灯九微。

翠幌珠帘不独映，清歌宝瑟自相依。

且论三万六千是，宁知四十九年非。

古来荣利若浮云，人生倚伏信难分。

始见田窦相移夺，俄闻卫霍有功勋。

未厌金陵气，先开石椁文。

朱门无复张公子，灞亭谁畏李将军！

相顾百龄皆有待，居然万化咸应改。

桂枝芳气已销亡，柏梁高宴今何在？

春去春来苦自驰，争名争利徒尔为。

久留郎署终难遇，空扫相门谁见知！

当时一旦擅豪华，自言千载长骄奢。

倏忽抟风生羽翼，须臾失浪委泥沙。

黄雀徒巢桂，青门遂种瓜。

黄金销铄素丝变，一贵一贱交情见。

红颜宿昔白头新，脱粟布衣轻故人。

故人有湮沦，新知无意气。

灰死韩安国，罗伤翟廷尉。

已矣哉，归去来！

马卿辞蜀多文藻，扬雄仕汉乏良媒。

三冬自矜诚足用，十年不调几遭回。

汲黯薪逾积，孙弘阁未开。

谁惜长沙傅，独负洛阳才！

过香积寺

〔唐〕王维

香积寺，在今长安区南。这里沿途古木森森，人迹罕至。诗人穿行在嶙峋的岩石间，追随着那一阵阵隐隐的钟声。直至薄暮时分，才到了香积寺。看着寺前那澄澈的潭水，一切都被治愈了。

不知香积寺，数里入云峰。

古木无人径，深山何处钟？

泉声咽危石，日色冷青松。

薄暮空潭曲，安禅制毒龙。

杜陵绝句

[唐] 李白

杜陵,在今西安市东南,是汉宣帝刘询的陵墓。诗人向南登杜陵,北望五陵。这秋日的水面上流动的红晕是落日的影子。不知过了多久,夕阳的余晖在远山间渐弱,大地开始变得凄冷。

南登杜陵上,北望五陵①间。

秋水明落日,流光灭远山②。

注:

①五陵:指汉高祖长陵、汉惠帝安陵、汉景帝阳陵、汉武帝茂陵、汉昭帝平陵,皆在杜陵以北,故称"北望五陵"。

②"流光"句:这里指的是太阳西落,余晖在远山间逐渐消失的景象。

清平调词三首

[唐] 李白

容若牡丹吐露，衣若七彩云霓。贵妃之容姿，只有群玉山中，月下瑶台才能得见。那凝香带露的牡丹，鲜红娇艳，举世无双。纵是巫山神女，汉宫飞燕，也只能空倚新妆，枉断肝肠。佳人风华绝代，牡丹名动京城。君王满面含笑，无限惆怅也随春风消解。

其一

云想衣裳花想容，春风拂槛露华浓。

若非群玉山头见，会向瑶台月下逢。

其二

一枝红艳露凝香，云雨巫山枉断肠。

借问汉宫谁得似？可怜飞燕倚新妆。

其三

名花倾国两相欢，长得君王带笑看。

解释春风无限恨，沉香亭北倚阑干。

行经华阴

[唐]崔颢

华阴,汴梁赴长安的必经之路。诗人行经此处,
见巍巍华山高耸入云;山中晴雨不定,云雾
缭绕,真是十分的雄险奇丽。恍惚间,顿感
那整日为名利的忙碌变得无趣。何不归隐于
山林,尽情享受。

岩峣太华俯咸京,天外三峰削不成。

武帝祠前云欲散,仙人掌上雨初晴。

河山北枕秦关险,驿树西连汉畤平。

借问路旁名利客,无如此处学长生。

同诸公登慈恩寺塔

[唐] 杜甫

大雁塔，位于西安城南的慈恩寺内，始建于隋开皇九年（589 年）。当时山河破碎、清浊不分，朝廷内小人当道、贤才受压，诗人登慈恩寺塔，思绪万千，目之所及皆是无尽的黑暗。

高标跨苍穹，烈风无时休。

自非旷士怀，登兹翻百忧。

方知象教力，足可追冥搜。

仰穿龙蛇窟，始出支撑幽。

七星在北户，河汉声西流。

羲和鞭白日，少昊行清秋。

秦山忽破碎，泾渭不可求。

俯视但一气，焉能辨皇州。

回首叫虞舜，苍梧云正愁。

惜哉瑶池饮，日晏昆仑丘。

黄鹄去不息，哀鸣何所投。

君看随阳雁，各有稻粱谋。

玉华宫

[唐] 杜甫

玉华宫，建于贞观二十年（646年），是唐太宗时期的避暑之所。当时诗人探亲，途经此地。历经多年，这里已是一所废弃已久的行宫，荒凉不已。苍鼠窜瓦，阴房鬼火，满目皆是凄凉。

溪回松风长，苍鼠窜古瓦。

不知何王殿，遗构绝壁下。

阴房鬼火青，坏道哀湍泻。

万籁真笙竽，秋色正萧洒。

美人为黄土，况乃粉黛假。

当时侍金舆，故物独石马。

忧来藉草坐，浩歌泪盈把。

冉冉征途间，谁是长年者？

游太平公主山庄

[唐] 韩愈

谁说满园春色关不住？想当年，太平公主不惜扩建台榭，只为这盛大不败的长安春色。甚至于，直到那终南山下，这灿烂的春依然是专属一人。

公主当年欲占春①，故将台榭压城闉②。

欲知前面花多少，直到南山③不属人。

注：

①占春：这里指霸占着春色。

②城闉：城内重门，也泛指城郭。

③南山：这里指终南山。

翠微寺有感

〔唐〕刘禹锡

翠微寺，建于唐代初年，原名为翠微宫，是唐太宗时期皇家避暑养病的宫殿。诗人忆起往昔太宗临幸翠微寺的场景，甚是壮观。在这里，蒸腾的暑气被屏蔽，从里到外，皆是清凉。

吾王昔游幸，离宫云际开。

朱旗迎夏早，凉轩避暑来。

汤饼赐都尉，寒冰颁上才。

龙髯不可望，玉坐生浮埃。

元和十一年自朗州召至京
戏赠看花诸君子

[唐]刘禹锡

玄都观，道教庙宇名，在今西安南门外，建于隋文帝开皇二年（582年）。飞扬的尘土掩盖着春日的长安。诗人看着从玄都观里赏花回来的川流不息的车马，陷入了沉思。原来这些桃树皆是他昔日离开后栽种的。

紫陌①红尘②拂面来，无人不道看花回。

玄都观里桃千树，尽是刘郎③去后栽。

注：

①紫陌：指京城长安的道路。

②红尘：这里指由人马往来的灰尘。

③刘郎：诗人刘禹锡自指。

题集贤阁

[唐] 刘禹锡

集贤殿，为唐代收藏典籍之所。集贤阁是集贤殿中的一座楼阁，专供官员休憩。诗人写大明宫的凤池、玉树、青山、白云、风送天乐……看似悠闲不已，实则是在与所经历的风雨和解。

凤池西畔图书府，玉树玲珑景气闲。

长听余风送天乐，时登高阁望人寰。

青山云绕栏干外，紫殿香来步武间。

曾是先贤翔集地，每看壁记一惭颜。

长安道

[唐] 白居易

诗人在焦虑时光，美人在旁劝酒，及时行乐。

然而岁月飞跑，长安道上，一来一回催人老。

只是那时，世人皆不懂，时光也不停歇。

花枝缺处青楼开，艳歌一曲酒一杯。

美人劝我急行乐，自古朱颜不再来。

君不见：外州客，长安道；一回来，一回老。

城东闲游

[唐] 白居易

白鹿原，即指灞、浐二水之间的高地，相传周平王时有白鹿出在此地，故名。此处是西安境内最大的黄土台塬。诗人乘兴去城东寻觅秋的气息，在这白鹿原上，任意前行。

宠辱忧欢不到情，任他朝市自营营①。

独寻秋景城东去，白鹿原头信马行②。

注：

①营营：这里指往来的意思。

②信马行：让马儿随意行走。信，任意。

长恨歌

[唐]白居易

自古情字该何解？当年的杨贵妃是被唐玄宗何等宠爱，让天下人心生嫉妒，"不重生男重生女"。然而，一场战争打破了一切。皇权旁落，佳人已逝。空留玄宗伤心欲绝，肝肠寸断，长恨绵绵。

汉皇重色思倾国，御宇多年求不得。

杨家有女初长成，养在深闺人未识。

天生丽质难自弃，一朝选在君王侧。

回眸一笑百媚生，六宫粉黛无颜色。

春寒赐浴华清池，温泉水滑洗凝脂。

侍儿扶起娇无力，始是新承恩泽时。

云鬓花颜金步摇，芙蓉帐暖度春宵。

春宵苦短日高起，从此君王不早朝。

承欢侍宴无闲暇，春从春游夜专夜。

后宫佳丽三千人，三千宠爱在一身。

金屋妆成娇侍夜，玉楼宴罢醉和春。

姊妹弟兄皆列土，可怜光彩生门户。

遂令天下父母心，不重生男重生女。

骊宫高处入青云，仙乐风飘处处闻。

缓歌慢舞凝丝竹，尽日君王看不足。

渔阳鼙鼓动地来，惊破霓裳羽衣曲。

九重城阙烟尘生，千乘万骑西南行。

翠华摇摇行复止，西出都门百馀里。

六军不发无奈何，宛转蛾眉马前死。

花钿委地无人收，翠翘金雀玉搔头。

君王掩面救不得，回看血泪相和流。

黄埃散漫风萧索，云栈萦纡登剑阁。

峨嵋山下少人行，旌旗无光日色薄。

蜀江水碧蜀山青，圣主朝朝暮暮情。

行宫见月伤心色，夜雨闻铃肠断声。

天旋地转回龙驭，到此踌躇不能去。

马嵬坡下泥土中，不见玉颜空死处。

君臣相顾尽沾衣，东望都门信马归。

归来池苑皆依旧，太液芙蓉未央柳。

芙蓉如面柳如眉，对此如何不泪垂。

春风桃李花开日，秋雨梧桐叶落时。

西宫南内多秋草，落叶满阶红不扫。

梨园弟子白发新，椒房阿监青娥老。

夕殿萤飞思悄然，孤灯挑尽未成眠。

迟迟钟鼓初长夜，耿耿星河欲曙天。

鸳鸯瓦冷霜华重，翡翠衾寒谁与共。

悠悠生死别经年，魂魄不曾来入梦。

临邛道士鸿都客，能以精诚致魂魄。

为感君王展转思，遂教方士殷勤觅。

排空驭气奔如电，升天入地求之遍。

上穷碧落下黄泉，两处茫茫皆不见。

忽闻海上有仙山，山在虚无缥缈间。

楼阁玲珑五云起，其中绰约多仙子。

中有一人字太真，雪肤花貌参差是。

金阙西厢叩玉扃，转教小玉报双成。

闻道汉家天子使，九华帐里梦魂惊。

揽衣推枕起徘徊，珠箔银屏迤逦开。

云鬓半偏新睡觉，花冠不整下堂来。

风吹仙袂飘飘举，犹似霓裳羽衣舞。

玉容寂寞泪阑干，梨花一枝春带雨。

含情凝睇谢君王，一别音容两渺茫。

昭阳殿里恩爱绝，蓬莱宫中日月长。

回头下望人寰处，不见长安见尘雾。

唯将旧物表深情，钿合金钗寄将去。

钗留一股合一扇，钗擘黄金合分钿。

但教心似金钿坚，天上人间会相见。

临别殷勤重寄词，词中有誓两心知。

七月七日长生殿，夜半无人私语时。

在天愿作比翼鸟，在地愿为连理枝。

天长地久有时尽，此恨绵绵无绝期。

华清宫
四首

[唐]张祜

华清宫，唐代帝王游幸的别宫，后也称"华清池"。走进这座宫殿，唐玄宗的故事环绕在这里。诗人感慨，一座宫殿不仅见证了一位帝王一生的悲欢离合，也见证了唐王朝的繁华与没落。

其一

风树离离月稍明，九天龙气在华清。

宫门深锁无人觉，半夜云中羯鼓声。

其二

天阙沉沉夜未央，碧云仙曲舞霓裳。

一声玉笛向空尽，月满骊山宫漏长。

其三

红树萧萧阁半开，上皇曾幸此宫来。

至今风俗骊山下，村笛犹吹阿滥堆。

其四

水绕宫墙处处声，残红长绿露华清。

武皇一夕梦不觉，十二玉楼空月明。

途经秦始皇墓

［唐］许浑

秦始皇陵，中国历史上第一位皇帝嬴政的陵墓，位于西安骊山北麓。同样是帝王，同样是死去，同样是陵寝淹没在青山秋草之中，但世人却独独怀念汉文帝。昔日的"文景之治"，至今都被铭记。

龙盘虎踞①树层层，势入浮云亦是崩。

一种青山秋草里，路人唯拜汉文陵。

注：

①龙盘虎踞：这里是指秦始皇陵十分雄伟壮丽。

白鹿原晚望

[唐] 马戴

白鹿原，位于今西安东南，浐、灞二水之间。相传周平王时有白鹿出于此，故名。唐代时期，很多达官贵人死后都被葬在此处。诗人登原远望，丘坟与城阙映入眼帘，死去了的终将不再复活。

浐曲①雁飞下，秦原②人葬回。

丘坟③与城阙，草树共尘埃。

注：

①浐曲：浐水的弯曲处。浐水发源于秦岭，与灞水合流后，最终入渭河。

②秦原：这里指的是白鹿原。

③丘坟：即坟墓。

阿房宫赋

[唐] 杜牧

阿房宫，始建于秦始皇三十五年（前 212 年），位于西安市西南。想当年，为一座阿房宫，秦国倾尽全力，最终也难逃楚人一炬。诗人看着当今帝王的昏愦失德，荒淫无度，无比心痛。于是，写下此，特此警告。

六王毕，四海一。蜀山兀，阿房出。覆压三百余里，隔离天日。骊山北构而西折，直走咸阳。二川溶溶，流入宫墙。五步一楼，十步一阁。廊腰缦回，檐牙高啄。各抱地势，钩心斗角。盘盘焉，囷囷焉，蜂房水涡，矗不知乎几千万落。长桥卧波，未云何龙？复道行空，不霁何虹？高低冥迷，不知东西。歌台暖响，春光融融；舞殿冷袖，风雨凄凄。一日之内，一宫之间，而气候不齐。

妃嫔媵嫱，王子皇孙，辞楼下殿，辇来于秦，朝歌夜弦，为秦宫人。明星荧荧，开妆镜也；绿云扰扰，梳晓鬟也；渭流涨腻，弃脂水也；烟斜雾横，焚椒兰也；雷霆乍惊，宫车过也，辘辘远听，杳不知其所之也。一肌一容，尽态极妍，缦立远视，而望幸焉。有不见者，三十六年。

燕、赵之收藏，韩、魏之经营，齐、楚之精英，几世几年，摽掠其人，倚叠如山。一旦不能有，输来其间。鼎铛玉石，金块珠砾，弃掷逦迤，秦人视之，亦不甚惜。嗟乎！一人之心，千万人之心也。秦爱纷奢，人亦念其家。奈何取之尽锱铢，用之如泥沙？使负栋之柱，多于南亩之农夫；架梁之椽，多于机上之工女；钉头磷磷，多于在庾之粟粒；瓦缝参差，多于周身之帛缕；直栏横槛，多于九土之城郭；管弦呕哑，多于市人之言语。使天下之人，不敢言而敢怒，独夫之心，日益骄固。戍卒叫，函谷举，楚人一炬，可怜焦土。

呜呼！灭六国者，六国也，非秦也。族秦者，秦也，非天下也。嗟乎！使六国各爱其人，则足以拒秦。使秦复爱六国之人，则递三世可至万世而为君，谁得而族灭也？秦人不暇自哀，而后人哀之；后人哀之而不鉴之，亦使后人而复哀后人也。

回望那快马疾驰的专骑，诗人感到了无限的悲哀。滚滚烟尘，千门次开，原来只为妃子笑。世事瞬息变化，这边一曲霓裳尚未舞完，那边滚滚黄尘便掩埋了中原腹地。曾记否，当年禄山起舞，贵妃笑声响彻骊山。而今佳人已逝，盛世难再复。

其一

长安回望绣成堆，山顶千门次第开。

一骑红尘妃子笑，无人知是荔枝来。

其二

新丰绿树起黄埃，数骑渔阳探使回。

《霓裳》一曲千峰上，舞破中原始下来。

其三

万国笙歌醉太平，倚天楼殿月分明。

云中乱拍禄山舞，风过重峦下笑声。

过勤政楼

[唐] 杜牧

勤政楼，建于唐开元时期，全名为"勤政务
本之楼"。诗人重游此处，满眼皆是颓废。
昔日的千秋佳节、承露丝囊已不复存在。就
连那壮丽的金铺，经那年年春雨的侵蚀，亦
是苔花绣满。

千秋佳节①名空在，承露丝囊②世已无。

唯有紫苔偏称意，年年因雨上金铺③。

注：

①千秋佳节：唐代时期依据唐玄宗生辰而设定的节日。

②承露丝囊：指的是用彩色的丝织品做成的囊袋，是一种礼品。

③金铺：门上兽面形铜制衔环钮。

苏武庙

[唐] 温庭筠

被扣匈奴十九载，放牧北海，吞毡饮雪，在异乡的每一个时刻，苏武都未忘记对故乡的热爱，或许这就是忠诚的意义。而今回乡，武帝已长眠茂陵，只剩苏武一人对陵流泪。

苏武魂销汉使前，古祠高树两茫然。

云边雁断胡天月，陇上羊归塞草烟。

回日楼台非甲帐，去时冠剑是丁年。

茂陵不见封侯印，空向秋波哭逝川。

登乐游原

〔唐〕李商隐

乐游原，在长安城南，唐代时期的游览胜地。诗人登高远望，秦川百里，真是无限壮美。奈何，此时已近黄昏，好景不常，内心悲伤终将又要延续了。

向晚①意不适②，驱车登古原③。

夕阳无限好，只是近黄昏。

注：

①向晚：指傍晚时分。

②意不适：情绪低迷，不开心。

③古原：指乐游原。

茂陵

[唐] 李商隐

茂陵，汉武帝陵墓。当牧羊十九载的苏武回到长安，武帝已离开了多年。而今在秋雨萧萧声中，连陵冢上的松柏都在散发着哀愁。诗人明写汉武帝，实写唐武宗。不管是汉武帝，还是唐武宗，自古帝王皆相似。

汉家天马出蒲梢，苜蓿榴花遍近郊。

内苑只知含凤觜，属车无复插鸡翘。

玉桃偷得怜方朔，金屋修成贮阿娇。

谁料苏卿老归国，茂陵松柏雨萧萧！

马嵬，即马嵬坡，杨贵妃缢死之地。不管在爱情里，还是在战争引发的逃亡中，当时真相已不再重要，只剩平定群愤。君王之爱是如此脆弱，纵使憧憬不肯离去，在爱情里终究是负了。

其一

冀马燕犀动地来，自埋红粉自成灰。

君王若道能倾国，玉辇何由过马嵬？

其二

海外徒闻更九州，他生未卜此生休。

空闻虎旅鸣宵柝，无复鸡人报晓筹。

此日六军同驻马，当时七夕笑牵牛。

如何四纪为天子，不及卢家有莫愁。

长安旧里①

[唐] 韦庄

历经战乱，此刻的长安已是残破不堪，就连诗人自家的旧居亦遭到了严重的破坏。昔日繁华成了焦土瓦砾，到处是断垣残壁，萋萋春草。在这寒凉的尘世，我该去何处，寻一个繁华的长安。

满目墙垣春草生，伤时伤事②更伤心。

车轮马迹今何在？十二玉楼无处寻。

注：

①旧里：指韦庄在嘉会里的旧居。

②伤时伤事：指的是当时，唐王朝内部藩镇割据，互相攻击，名存而实亡。

焚书坑

[唐] 章碣

焚书坑，秦始皇焚书之地，在今陕西省临潼东南的骊山上。在熊熊燃烧的火焰中，书籍被公开处刑。始皇无动于衷，不久秦朝便终结了。

竹帛①烟销②帝业虚，关河③空锁祖龙居。
坑灰未冷山东乱，刘项原来不读书。

注：
①竹帛：这里指书籍。
②烟销：这里指把书籍都烧了。
③关河：关，函谷关；河，黄河。这里指险固的地理形势。

过九成宫

[唐] 吴融

九成宫，建于隋文帝开皇十三年（593 年），
唐太宗贞观五年（631 年）扩建。"九成"
二字意为"九重"或"九层"，取高大之意。
彼时，唐王朝已是风雨飘摇，诗人来到九成宫，
满目皆是荒凉破败，毫无复苏的痕迹。

凤辇东归二百年，九成宫殿半荒阡。

魏公碑字封苍藓，文帝泉声落野田。

碧草新沾仙掌露，绿杨犹忆御炉烟。

升平旧事无人说，万叠青山但一川。

一曲霓裳羽衣，成了爱情，毁了江山。华清宫那雾气氤氲的温泉，洗净了唐王朝的滚滚红尘，却洗不掉帝王心中的那一份念想。曾经的芙蓉暖帐，曾经的情意绵绵，再回望，成了所有人的伤痛。

中原无鹿海无波，凤辇鸾旗出幸多。

今日故宫归寂寞，太平功业在山河。

渔阳烽火照函关，玉辇匆匆下此山。

一曲羽衣听不尽，至今遗恨水潺潺。

上皇銮辂重巡游，雨泪无言独倚楼。

惆怅眼前多少事，落花明月满宫秋。

别殿和云锁翠微，太真遗像梦依依。

玉皇掩泪频惆怅，应叹僧繇彩笔飞。

题雁塔

〔唐〕许玫

大雁塔，位于大慈恩寺内，又名"慈恩寺塔"。诗人贪恋着大雁塔的宏伟，长安城的繁华，想要暂放尘心，静静地享受着。奈何，一阵又一阵的钟声在耳边震荡，又把他拉回了现实。

宝轮金地压人寰，独坐苍冥启玉关。

北岭风烟开魏阙，南轩气象镇商山。

灞陵车马垂杨里，京国城池落照间。

暂放尘心游物外，六街钟鼓又催还。

灞桥赋

〔唐〕杜颀

灞桥，长安城东灞水上的一座桥梁，在今西安灞桥区境内。在历史上，它是西安东去的一条必经之路。千载一梦，有从桥下流，有从桥上过，只有它一直在这里坚守着秦川大地。

溶溶元灞兮，经秦川之有余。袅袅红桥兮，代造舟之厥初。飞梁默以霞起，綵柱煜其星舒。九陌咸凑，三条所如。连山叠翠而西转，群树分形而比疏。电透孤棹，雷奔众车。白日南登，望长安之如绮；黄烟东睇，见咸阳之为墟。杲杲初霁，萧萧晚吹，登隐者之翘车，度将军之猎骑。日既上巳，禊于洪源；晚具游宴，咸出国门。七叶衣冠，憧憧而遥度；五侯车马，奕奕而腾轩。钟鼓既列，丝竹亦繁，秦声呕哇，楚舞丛杂。帷帟纷其雾委，罗纨霭以云沓。棹轻舸之悠悠，顺清流之纳纳。时凭倚以观眺，喜烟雨之环合。尔其居人出祖，连骑将分。望曲溆之清路，视远天之无云。紫沙兮皓晃，绿树兮氛氲。莫不际此地而举征袂，遥相望兮怆离群。明月生岑，凉风度水。听凫雁之悽惨，对苔萍之霏靡。或披巾以延伫，独掩涕而无已。上临烟碕，霞石相辉，过客对兮憺忘归。下近岩径，林峦隐映，渔人去兮恣诵咏。独游子而俟时，倦尘衣以嗟命。

游城南记

[宋] 张礼

此文不是一般的游记散文，作者以撰并注的方式，讲述着长安的角角落落，不仅包含了自然景观，还包括各种历史人物与事件。读此文，仿若进行了一次长安城南的唐代遗址考察。

元祐改元季春戊申，明微、茂中同出京兆之东南门。张注曰：唐皇城之安上门也。至德二载，改为先天门，寻复旧。肃宗以禄山国仇，恶闻其姓，京兆坊里有安字者，率易之。续注曰：《志·总序》云：唐开元元年，改雍州为京兆府，以京城为西京；天祐元年，昭宗东迁，降为佑国军。梁开平元年，改府曰大安；越二年，改军曰永平。后唐同光元年，复为西京。晋天福元年，改军曰晋昌。汉乾祐元年，改军曰永兴，其府名皆仍旧。有宋因之，故其南北相值之街亦曰安上。历兴道、务本二坊。张注曰：兴道坊在安上门街之西，景龙三年，改瑶林坊。务本坊在安上门街之东，与兴道坊相对，景龙二年，改玉楼坊。景云元年，并复旧。二坊之地，今为京兆东西门外之草市，余为民田。自务本西门入圣容院，观荐福寺塔。张注曰：圣容院，盖唐荐福寺之院也，今为二寺。寺之浮图，今正谓之荐福寺，塔尚存焉。其寺文明元年立，谓之大献佛寺。天授元年，改为荐福寺。景龙中，宫人率出钱，起塔十五层。续注曰：贞祐乙亥岁，塔之缠腰尚存。辛卯迁徙，废荡殆尽，

097

惟砖塔在焉。南行至永乐坊。张注曰：即横冈之第五爻也，今谓之草场坡，古场存焉。隋宇文恺城大兴，以城中有六大冈，东西横亘，象乾之六爻。故于九二置宫室，以当帝王之居；九三置百司，以应君子之数；九五贵位，不欲常人居之，故置玄都观、大兴善寺以镇之。玄都观在崇业坊，大兴善寺在靖善坊，其冈与永乐坊东西相直。《长安志》云：坊东有裴度宅。度欲入朝，有张权舆上疏云："度名应图谶，宅据冈原。"盖尝有人与度作谶云："非衣小儿坦其腹，天上有口被驱逐。"言度曾讨淮西平吴元济。宅据冈原，与兴善、玄都相连故也。东南至慈恩寺，少迟登塔，观唐人留题。张注曰：寺本隋无漏寺。贞观二十一年，高宗在春宫，为文德皇后立为慈恩寺。永徽三年，沙门玄奘起塔。初惟五层，砖表土心，效西域窣堵波，即袁宏《汉记》所谓浮图祠也。长安中摧倒，天后及王公施钱，重加营建，至十层。其云雁塔者，《天竺记》达嚫国有迦叶佛迦蓝，穿石山作塔五层，最下一层作雁形，谓之雁塔，盖此意也。《嘉话录》谓张莒及进士第，闲行慈恩寺，因书同年姓名于塔壁，后以为故事。按：唐《登科记》有张台，无张莒。台于大中十三年崔铏下及第，冯氏引之以为自台始。若以为张莒，则台诗已有题名之说焉。塔自兵火之余，止存七层。长兴中，西京留守安重霸再修之，判官王仁裕为之记。长安士庶，每岁春时，游者道路相属。熙宁中，富民康生遗火，经宵不灭，而游人自此衰矣。塔既经焚，涂圬皆剥，而砖始露焉。唐人墨迹，于是毕见，今孟郊、舒元舆之类尚存，至其它不闻于后世者，盖不可胜数也。续注曰：正大迁徙，寺宇废毁殆尽，惟一塔俨然。塔之东西两龛，唐褚遂良所书《圣教序》，及《唐人题名记》碑刻存焉。西南一里许，有西平郡王李公晟先庙碑，工部侍郎张彧撰，司业韩秀弼八分书，字画历历可读。

倚塔下瞰曲江宫殿，乐游燕喜之地，皆为野草，不觉有黍离麦秀之感。

张注曰：江以水流屈曲，故谓之曲江，其深处下不见底。司马相如《赋》曰"临曲江之隑洲"，盖其地也。《剧谈》曰："曲江本秦隑洲，唐开元中疏凿为胜境。"江故有泉，俗谓之汉武泉。又引黄渠之水以涨之。泉在江之西，旱而祷雨有应。今为滨江农家湮塞，然春秋积雨，池中犹有水焉。黄渠水出义谷，北上少陵原，西北流经三像寺。鲍陂之东北，今有亭子头，故巡渠亭子也。北流入鲍陂。鲍陂，隋改曰杜陂，以其近杜陵也。自鲍陂西北流，穿蓬莱山注之曲江，由西北岸直西流，经慈恩寺而西。欧阳詹《曲江记》其略曰："兹地循原北峙，回冈旁转，圆环四匝，中成坎窞，穿窈港洞，生泉翕源。东西三里而遥，南北三里而近。崇山浚川，钩结盘护。不南不北，湛然中停。荡恶含和，厚生蠲疾。涵虚抱景，气象澄鲜。涤虑延欢，栖神育灵。"观此可得其概矣。唐进士新及第者，往往泛舟游宴于此。文宗时，曲江宫殿废十之九，帝因诵杜甫《哀江头》之诗，慨然有意复升平故事。太和九年，发左、右神策军三千人疏浚，修紫云楼、彩霞亭；仍敕诸司有力建亭馆者，官给闲地，任营造焉。今遗址尚多存者。江水虽涸，故道可因。若自甫张村引黄渠水，经鲍陂以注曲江，则江景可复其旧。不然，疏其已塞之泉，渟潴岁月，亦可观矣。乐游原亦曰园，在曲江之北，即秦宜春苑也。汉宣帝起乐游庙，因以为名。在唐京城内。每岁晦日、上巳、重九，士女咸此登赏祓禊。乐游之南，曲江之北，新昌坊有青龙寺，北枕高原，前对南山，为登眺之绝胜，贾岛所谓"行坐见南山"是也。出寺，涉黄渠，上杏园，望芙蓉园。西行，过杜祁公家庙。张注曰：杏园与慈恩寺，南北相直，唐新进士多游宴于此。芙蓉园在曲江之西南，隋离宫也，与杏园皆秦宜春下苑之地。园内有池，谓之芙蓉池，唐之南苑也。杜祁公家庙，咸通八年建，石室尚存，俗曰杜相公读书堂，其石室曰藏书龛。续注曰：石室，奉安神主之室也。出启夏门，览南郊、百神、灵星三坛。张注曰：启夏门，唐皇城之南门也，北当皇城之安上门少西。盖京城之南凡三门：中曰明德门，今谓之五门；西曰安化门，今谓之三门；此其东门也。三坛在门外西南二里，百神、灵星二坛颇毁，而圜丘特完。南一里，有莲花村，未详其所以名也。续注曰：少西北，有唐赠户部尚书杨贞公场庙碑，晋公李林甫撰文，王曾书，王敬从题额。次东南有唐相国令狐氏庙碑，太和三年，刘禹锡撰并书，陈锡篆额。杨氏苗裔，太和间尚盛，人呼为庙坡杨，辛卯迁移后，无闻焉。次杜光村。张注曰：杜光村有义善寺，俗谓之杜光寺，贞观十九年建，盖杜顺禅师所生之地。顺解《华严经》，著《法界观》，居华严寺，证圆寂。今肉身在华严寺。东南历仇家庄。张注曰：庄即唐宦官仇士良别业也。士良死，籍没其家。后晋赐晋昌军节度使安彦威，安氏子孙世守之。士良墓碑俱存。其南为郭子仪墓，西南长孙无忌之墓，碑皆断仆。续注曰：抚定后，府南赵（牛）［村］里皓阳观主李可贞、乔志朴相过，语余观西北有二大碑，云是郭氏墓碑。他日往观，其一寿州刺史郭敬之神道碑。敬之字敬之，子仪父也，以子仪贵，赠太保、徐国公。碑额御题，韩国公苗晋卿撰序，萧华书。其一郭氏所尚升平公主墓碑，书撰姓名失传。过高望，西南行，至萧灌墓，读碑。张注曰：灌，嵩之父也。碑乃明皇题额，张说为文，梁升卿书。嵩墓别葬张曲。由赵村访章敬寺基，经拨川王论弓仁墓。张注曰：五代周太子太师致仕皇甫玄庄在赵村，建隆二年置。墓在村东，碑在其庄内。章敬寺，《长安志》曰在通化门外，本鱼朝恩庄也，后为章敬皇后立寺，故以为名。殿宇总四千一百三十间，分四十八院，以曲江亭馆、华清宫、观风楼、百司行廊及将相没官宅舍给其用。今此基不甚侈，且与《志》所载地里不同，岂四十八院之一耶？论弓仁者，吐蕃普赞之族也。世相普赞，戎言以宰相为论，因以为氏。

圣历三年，以所统吐浑七千帐降唐，累有战功，死赠拨川王，葬赵村。张说为碑，今已毁仆，字无存者，独其题额在焉。下勋荫坡，入牛头寺，登长老文公禅堂。夜，宿寺之南轩。张注曰：勋荫坡，今牛头寺之坡也。寺即牛头山第一祖遍照禅师之居也，贞元十一年建，内有徐士龙所撰碑。太平兴国中，改寺曰福昌。元丰癸亥，长老道文自南方来，居于寺之北堂。其南轩为延客之所，今有朱公掞题壁。

己酉，谒龙堂，循清明渠而西，至皇子坡，徘徊久之。张注曰：龙堂在牛头寺之西，寺故有龙泉塔院，此堂即其地也。泉北有塔，俗称龙堂坡也。地甚平衍，中多植杏，谓之杏花坪，见杜诩《胜游录》。清明渠，隋开皇初，引沇水西北流，屈而东流入城，当大安坊南街，又东流至安乐坊，入京城。今其渠自朱坡东南分沇水，穿杜牧之九曲池，循坡而西，经牛头寺下穿韩符庄，西过韦曲，至渠北村，西北流入京城。皇子坡又在龙堂之西，秦葬皇子于坡底，起冢于坡北原上，因以名坡。隋文帝改永安坡，唐复旧。览韩、郑郊居，至韦曲，扣尧夫门，上逍遥公读书台，寻所谓何将军山林而不可见。因思唐人之居城南者，往往旧迹湮没，无所考求，岂胜遗恨哉？张注曰：韩店，即韩昌黎《城南杂题》及送子符读书之地，今为里人杨氏所有。凿洞架阁，引泉为池。穿地，得《大鸣起信论碑》之上篇。郑谷庄在坡之西，今为里人李氏所有。韦曲在韩、郑庄之北。尧夫，进士韦师锡之字也，世为韦曲人。远祖夐，后周时居此，萧然自适，与族人处玄及安定梁旷为放逸之友。时人慕其闲素，号为逍遥公。明帝贻之诗曰："香动秋兰佩，风飘莲叶衣。"《北史》有传。今其读书台，□□□立。逍遥谷则在骊山西南，盖亦慕夐而名之也。杜甫《何将军山林》诗有"不识南塘路，今知第五桥"，又曰"忆过杨柳渚，走马定昆池"。今第五桥在韦曲之西，与沈家桥相近，定昆池在韦曲之北，杨柳渚今不可考。南塘，按许浑诗云"背岭枕南塘"，其亦在韦曲之左右乎？尝读唐人诗集，岑嘉州有杜陵别业、终南别业，而石鳖谷、高冠谷皆有其居，郎士元有吴村别业，段觉有杜村闲居，元微之亦有终南别业，萧氏有兰陵里，梁升卿有安定庄。今皆湮没，漫不可寻，盖不特何将军山林而已。晚，抵申店李氏园亭。夜，宿祁子虚书舍。张注曰：申店，夹滈水之两溪。李氏名之邵，字公材，尝为进士。祁子虚名彻，李舍人婿也。园之东有阁曰秘春，北有小轩曰明月。

庚戌，子虚邀饮韦氏会景堂。及门，主人出迓。明微以为不足，子虚道其景且诵其诗。明微闻之，始入其奥。张注曰：韦氏名宗礼，字中伯，世为下杜人。盖唐相之裔，家失其谱，不知为何房。城南诸韦，聚处韦曲，宜其属系易知，然或东眷，或西眷，或逍遥公，或郑公，或南陂公，或龙门公，不知其实何房也。中伯博学好古，葺治园亭，奇花异卉，中莫不有，日与宾客宴游，朝奉郎白序题其堂曰会景。中伯圃中有对金竹，其状与对青相似。长安有此竹者，惟处士苏季明、张思道与中伯三家而已。复相率济滈水，陟神禾原，西望香积寺塔。原下有樊川、御宿之水交流，谓之交水，西合于澧，北入于渭。张注曰：《长安志》曰：滈水，今名流水，一作洗水，自南山流至皇子陂。今滈水不至皇子陂，由瓜洲村附神禾壐，上穿申店，而原愈高，凿原而通，深至八九十尺，俗谓之坑河是也。瓜洲村之东北原上，滈水北岸上，尚有川流故道。西北过张王村之东，又西北经内家桥，又西北经下杜城，过沈家桥。杜城之西有丈八沟，即杜子美陪诸公子纳凉遇雨之地。滈水上原西北流而合御宿川水，是名交水，在香积寺之西南。香积寺，唐永隆二年建，中多石像，塔砖中裂，院中荒凉，人鲜游者。下原，访刘希古，过瓜洲村。张注曰：刘希古名舜才，为进士不第，退居申店滈水之阴。瓜洲村，俗以为牧之种瓜之地。

予读许浑集，有《和淮南相公重游瓜村别业》诗。淮南相公，杜佑也。佑三子：师损、式方、从郁。牧之，从郁子也。由此考之，在佑已有瓜洲别业，则非牧之种瓜地明矣。今村南原上有瓜洲墓，岂始有瓜洲人居此而名之耶？亦犹长安县有高丽曲，因高丽人居之而名之也。复涉潏水，游范公五居。张注曰：范公庄，本唐岐国杜公佑郊居也。门人权德舆为之记，纂叙幽胜，极其形容。《旧史》称，佑城南樊川有桂林亭，卉木幽邃，佑日与公卿宴集其间。元和七年，佑以太保致仕居此。《式方传》又云：杜城有别墅，亭馆林池，为城南之最。牧之之《赋》亦曰："予之思归兮，走杜陵之西道。岩曲泉深，地平木老。陇云秦树，风高霜早。周台汉园，斜阳衰草。"其地有九曲池，池西有玉钩亭，许浑诗所谓"九曲池西望月来"。池迹尚存，亭则不可考也。又其地有七叶树，每朵七叶，因以为名，罗隐诗所谓"夏窗七叶连檐暗"是也。以是求之，其景可知矣。此庄向为杜氏所有，后归尚书郎胡拱辰。熙宁中，侍御史范巽之买此庄于胡，故俗谓之御史庄。中有溪柳、岩轩、江阁、圆堂、林馆，故又谓之五居。东上朱坡，憩华岩寺，下瞰终南之胜，雾岩、玉案、圭峰、紫阁，粲在目前，不待足履而尽也。张注曰：朱坡在御史庄东，华岩寺西，牧之《朱坡》三绝句，极言其景。华岩寺，贞观中建，寺之北原，下瞰终南，可尽其胜，岑参诗所谓"寺南几千峰，峰翠青可掬"是也。终南一名太乙，一名地肺。《关中记》曰："终南太乙，左右三百里内为福地。"《柳宗元碑》曰："据天之中，在都之南。西至于褒、斜，又西至于陇首，以临于戎；东至于商颜，又东至于太华，以距于关。"秦末，四皓隐于其间，后因立庙。唐文宗诏建终南山祠，册为广惠公。圭峰、紫阁，在祠之西。圭峰下有草堂寺，唐僧宗密所居，因号圭峰禅师。紫阁之阴即渼陂，杜甫诗曰"紫阁峰阴入渼陂"是也。太乙在祠之东，雾岩、玉案，附丽而列。二峰之间，有冰井，经暑不消。长安岁不藏冰，夏则取冰于此。紫阁之东有高观峪，岑参作"高冠"，蒋之奇作"高官"，未知孰是。已而子虚、希古开樽三门。寺僧子齐出诗凡数百篇，皆咏寺焉。予赏苏子美诗，明微吟唐僧子兰诗"疏钟摇雨脚，积雨浸云容"之句。及读相国陈公"悔把吾庐寄杜城"之言，则又知华岩之为胜也。酒阑，过东阁。阁以华岩有所蔽，而登览胜之。真如塔在焉，谓之东阁，以西有华岩寺故也。今为草堂别院。张注曰：《长安志》曰：真如塔，在华岩寺。今其塔在东阁法堂之北，壁间二石记，皆唐刻也，具载华岩寺始末，则华岩、东阁本一寺也，不知其后何以隶草堂焉。下阁，至澄襟院。院引北岩泉水，架竹落庭，注石盆中，萦澈可挹，使人不觉顿忘俗意。时子虚、希古先归。院之东，元医之居也，予与明微宿焉。张注曰：澄襟院，唐左术僧录遍觉太师智慧之塔院也，《碑》云："起塔于万年县神禾乡孙村。"今属鸿固乡。元医世为樊川人。其居北倚高坡，泉声泠泠，竹阴相接。圃中植花，穴洞岩间，架阁池上，茂林修竹，与之隐映，真有幽胜之趣。续注曰：澄襟院，水久涸，今为长老滨巨源衣钵院。庄则金兴定辛巳间尚为元氏之居，迁徙后，遂无闻焉。近代李构即庄建阁凿洞，立三清像，遂呼为三清阁。兵后，高窦老奉披云真人为十方院，门人樊志高尽有元庄。典型虽在，盛事则废。

辛亥，历废延兴寺，过夏侯村王、白二庄林泉。张注曰：延兴寺在杨万坡，断碑遗址，瓦砾遍地，兴废之由无可考，今为里人刘氏所有。竹木森蔚，泉流清浅，景胜元医之居，但不葺治耳。驸马都尉王诜林泉，在延兴寺之东，与朝奉郎白序为邻。王氏林泉久不治。白字圣均，庄有挥金堂、顺年堂、疑梦室、醉吟庵、翠屏阁、寒泉亭、辛夷亭、桂岩亭，今为王员外家所有。东次杜曲，前瞻杜固，盘桓移时。

张注曰：《唐史》称，杜正伦与城南诸杜素远，求通谱，不许，衔之。世传杜固有王气，诸杜居之，衣冠世羡，及正伦执政，建言凿杜固通水以利人。既凿，川流如血，阅十日方止，自是南杜稍不显。居杜固者谓之南杜，以北有杜曲故也。杜固今谓之杜坡。所凿之处，崖堑尚存，俗曰马塌崖，或曰凤凰嘴，不知何谓也。杜氏世葬少陵原司马村之西南，杜甫尝称杜曲诸生、少陵野老，正谓杜曲、少陵相近故也。甫为晋征南将军预之后。预玄孙某随宋武帝南迁，遂为襄阳人。甫曾祖某为巩令，又徙河南。宋孙沫为《甫传》，以牧之为甫族孙，盖同出于预也。是甫乃城南诸杜之裔耳，然唐《宰相世系》不载，不知何故，俟再考之。越姜保，至兴教寺，上玉峰轩，南望龙池废寺。张注曰：兴教寺，总章二年建，有三藏玄奘、慈恩、西明三塔。寺倚北冈，南对五棻峰。元丰中，知京兆龙图李公登眺于斯，命僧创轩，是名玉峰。擢万年令陈正举为之记。龙池寺直玉棻山之北。续注曰：兴教寺，开成四年，沙门令总载修。《三藏塔铭》，屯田郎中兼侍御史刘轲撰；《慈恩塔铭》，太子左庶子、御史中丞李弘度撰；《西明塔铭》，贡士宋复撰。三藏塔奠中差大，右慈恩、左西明差小，殿宇法制，精密庄严。过塔院，抵韦赵，览牛相公樊乡郊居。张注曰：塔院者，京兆开元寺福昌塔之庄也，俗谓之塔院。修竹乔林，森结参天，池台废基颇多。不知在唐为谁氏业。俗传国初狂人李琰居之，琰诛没官。后福昌塔成，赐之为常住。韦赵村有牛相僧孺郊居，子孙尚有存者。僧孺八世祖某，隋封奇章公，长安城南下杜樊乡有赐田数顷，书千卷。僧孺居之，依以为学。后为相，与李德裕相恶，门生故吏，各相为党。先是泓陟相德裕宅为玉碗，僧孺宅为金杯，且云："金毁可作他器，玉毁不复用矣。"其言果验。然《唐史》传方技者不载其事，其亦阙文矣乎？乃登少陵原，西过司马村，穿三像院。寻旧路，暮归孙君中复之庐。

张注曰：《长安志》云：少陵原南接终南山，北直浐水，本为凤栖原。汉许后葬少陵，在司马村之东，因即其地呼少陵原。杜牧之《自志》云葬少陵司马村，柳宗元《志伯姊墓》曰葬万年之少陵原，实凤栖原也。原脉起自南山，屈曲西北，冈阜相连，累累不断，凡五十里。然则凤栖、少陵其实本一，因地异名耳，汉总谓之洪固原。今万年县有洪固乡。司马村今在长安城之东南，少陵在村之东北，则浐水在东，非在北矣。少陵东接丰梁原，或作凤凉原，浐水出焉。东北对白鹿原，荆谷水出焉。二水合流入渭，杜甫诗所谓"登高素浐原"是也。少陵之东冈下，即浐水之西岸，其地有泉，旧传有犊跑鸣而泉出，今谓之鸣犊镇。三像寺，开元中建，背倚北原，高数百尺。始寺依原刻三大佛，故名。又云开元末为武惠妃建，武氏墓在凤栖原长兴坊，与寺亦相近。中复，田家子，今为进士。

　　壬子，渡滴水而南，上原观乾湫，憩涂山寺，望翠微百塔。子虚约游五台，而与仆夫负行李者相失，遂饮于御宿川之王渠。醉还申店，几夜半矣。张注曰：乾湫在神禾原皇甫村之东，旧传有龙移去南山炭谷，原之湫水遂涸，故谓之干湫。炭谷之水遂著灵异，历代崇为太乙湫。或曰炭谷本太乙谷，土人语急，连呼之耳。续注曰：涂山寺在皇甫村神禾原之东南，旧传皇甫村有三社，曰鸾驾坪、凤凰台及废栖真观。翠微寺在终南山上，本太和宫，武德八年建，贞观十年废。廿年，太宗厌禁内烦热，命将作大匠阎立本再葺，改为翠华宫，元和元年，废为翠微寺。杜甫诗曰"云薄翠微寺"，则元和之前，固已谓之寺矣。百塔在梗梓谷口，唐信行禅师塔院，今谓之兴教院。唐裴行俭妻厍狄氏，尝读《信行集录》，及殁，迁窆于终南山鸱号推信行塔之后，由是异信行者往往归葬于此。今小塔累累相比，因谓之百塔。塔东为石鳖谷，广惠神祠在焉。西为豹林谷，种放隐居之地。放居今为女冠所有。

苏季明松门，亦在其西，而董村者，翠微寺下院也，又在其西。自董村西行几十里，曰丰德寺，丰德长老所居，今其寺犹有僧焉。南五台者，曰观音，曰灵应，曰文殊，曰普贤，曰现身，皆山峰卓立，故名五台。圆光寺，王建集为灵应台寺，陆长源《辨疑志》为慧光寺，韩渥集为神光寺，今谓之圆光寺。五台之北，有留村数寺，皆下院也。御宿川，按《扬雄传》曰：武帝开上林，南院至宜春、鼎湖、昆吾，傍南山而西，至长杨五柞，北绕黄山，濒渭而东。游观则止宿其中，故曰御宿。大抵樊川、御宿，皆上林苑地也。

癸丑，诣张思道，循原而东，诣莲花洞，经裴相旧居，越幽州庄，上道安洞，抵炭谷。既行，小雨而还。复寻会景堂，清谈终日。张注曰：思道，唐学士鹭之后，居滴水之阴，好读书，善属文，雅丽有祖风。自思道之居东行五六里，直樊川之上，倚神禾原，有洞曰莲花，旧为村人郑氏之业。郑氏远祖潜曜，尚明皇之女临晋公主。杜甫诗有《宴郑驸马洞中》，云"主家阴洞细烟雾"，宜即此地也。自洞东行三四里，为唐裴相国郊居，林泉之胜，亦樊川之亚，今为鄱阳沈思之居。又南行三里，至幽州庄李氏林亭。李氏，燕人也，故以幽州名。泉竹之盛，过沈庄矣。南行四里，至道安洞，今为尼院。院中起小塔，西倚高崖，东眺樊南之景，举目可尽。又南行七八里，至炭谷，自谷口穿云渡水，蹑乱石，冒悬崖，行十余里，数峰耸削。蹬道之半，有司马温公隶书二十八字，曰："登山有道，徐行则不困。择平稳之地而置足则不跌，人莫不知之，鲜能慎。"谷前太乙观，有希夷先生所撰碑。观南为故处士雷简夫隐居之地。

甲寅，北归，及内家桥，子虚别焉。予与明微自翠台庄由天门街上毕原，西望三会寺、定昆池，迤逦入明德门。张注曰：内家桥，今名也，或曰雷家，或曰赖家，皆姓也。桥之西又有沈家桥、第五桥，亦以姓名。罗隐《城南杂感》诗有"赖家桥上滴河边"之句，似当以"赖"为是。翠台庄不知其所以，庄之前有南北大路，俗曰天门界。北直京城之明德门、皇城之朱雀门、宫城之承天门，则"界"当为"街"，俗呼之讹耳，许浑有《天门街望》之诗可据。天门街当毕原之中，《长安志》曰：少陵原西入长安县界五里。盖毕原也，《志》误以为少陵。西望三会寺，寺边有大冢，世传为周穆王陵。北有池，旧与昆明池相通，唐为放生池。有台，俗曰迦叶佛说法台，而传记以为苍颉造书台。景龙中，中宗幸三会寺，与群臣赋诗。上官健伃所谓"释子谈经处，轩臣刻字留"是也。定昆池，安乐公主之西庄也，在京城之延平门外。景龙初，命司农卿赵履温、将作少监杨务廉为园，凿沼延十数里，时号定昆。中宗临幸，与群臣赋诗。历延祚、光行、道德、永达四坊之地，至崇业坊，览玄都观之遗基，过冈，论唐昌观故事。张注曰：唐昌观又曰唐兴观，在安业坊，玄都观北，中有玉蕊花。元和中，有仙子来观，严休父、元稹辈俱有唱和。既而北行数里，入含光门而归焉。实闰月〔二〕十六也。张注曰：城南之景，有闻其名而失其地者，有具其名、得其地而不知其所以者，有见于近世而未著于前代者。若牛头寺碑阴记永清公主庄、《长安志》载沙城镇薛据南山别业、罗隐《杂感》诗有景星观、姚家园、叶家林，闻其名而失其地也；翠台庄、高望楼、公主浮图、温国塔、朱坡，具其名、得其地而不得其所以者也；杨舍人庄、唯释院、神禾、少陵两原、三清观、涂山寺、陈氏昆仲报德庐、刘翔集之蒙溪、刘子衷之樊溪、五台僧坟院，见于近世而未著于前代者，故皆略之，以俟再考。至于名迹可据，而暴于人之耳目者，皆得以详书焉。

登西安府鼓楼

[明] 殷奎

夕阳西下，鹊噪不休，诗人登上西安府鼓楼，听着萧瑟的秋风呼呼地吹，思绪犹如江水绵绵而不知何所终。而今山河破碎，心中的凄苦该向何人诉说呢？

西府层楼接上台，客怀落日为谁开。

一天秋色云飞断，万户晴晖鹊噪来。

遍倚危栏频入感，未吹画角已兴哀。

千年朝市仍更变，独有南山石未灰。

城南游诗八首（选二）

荐福寺，唐佛寺名，建于唐文明元年（684年），初名大献福寺，后更名，唐末毁于战火。牛头寺，亦是唐代古寺，是唐代樊川八大寺之一。诗人穿行在寺庙间，不管时日虚掷，专注内心的修行。

荐福寺

院从唐代建，人以寂音传。

水鸟皆闻法，云山不离禅。

花边停浴鼓，竹外起茶烟。

即此忘言说，虚空借坐眠。

牛头寺

牛头钟梵罢，露坐俯樊川。

明月生秦岭，清光满稻田。

微风喧吠蛤，野烧起山烟。

归卧禅灯寂，心空古佛前。

雁塔晨钟、草堂烟雾，皆是"关中八景"之一。雁塔的晨钟如破晓般而出，不仅融化了秋霜，也惊醒了诗人的残梦。草堂的烟雾笼罩着远山，朦胧间总是看得不真切，造就了一个个美丽的误会。

雁塔晨钟

噌吰初破晓来霜，落月迟迟满大荒。
枕上一声残梦醒，千秋胜迹总苍茫。

草堂烟雾

烟雾空蒙叠嶂生，草堂龙象未分明。
钟声缥缈云端出，跨鹤人来玉女迎。

陕西旅行记（节选）

王桐龄

长安的建筑，不管是学校、官署、寺观祠宇，还是一般的建筑，都是有在地的特色的。长安的古迹及古物，也是丰富多彩的。而作者的走访与考察，将历史沉重的长安化繁为简，变得轻盈。

长安之观察

长安之建筑

甲、学校 十五日晨起，个人参观西北大学，校之南门在东木头市，北门在东大街，有基址六十余亩，房屋七百余间；系前清末年省立大学堂故址，旋降为高等学堂，民国成立，改设西北大学预科，旋改为法政专门学校，十二年九月，复改设西北大学，大略分为二部，南半为西北大学，北半为陕西教育厅，教育会，水利局，林务处，现在教育厅移居梁府街前清旧提学使署，北院只余三机关矣。房屋系中国大四合式，院落周围有回廊，既壮观瞻，又避风雨，其优点一也。院落宏敞，树木甚多，空气清新，颇足怡情悦目，其优点二也。教员学生寄宿舍，职员办公室，皆有相当面积，其优点三也。然讲堂内大柱子，颇碍学生眼目；大礼堂横宽，不适讲演之用；大门之内有二门，二门之内有大堂（现用作接待室），大堂之后有二堂（现用作大礼堂），有三堂，有四堂（现均用作讲堂），四堂之后有内宅（现用作图书室）；自大门至二堂，两傍仅有回廊，并无房屋；自二堂至内宅，两傍虽有厢房，然太小不适作讲堂之用；自大门至内宅，南北长约一百八十五步，适合于讲堂用之房，仅有三四间，两旁多跨院，办公室寄宿舍在焉，东西宽约八十八步，房屋甚多，院落甚宏敞，而能作讲堂之房，亦只有最近建筑者三四间。全校建筑皆用宫廷及衙门式，无一所楼房，占地方太多，房间较少，大房间尤少，宜于住家，不宜于作学校，知从前监修者皆外行也。梁栋椽柱门窗户牌皆用杨木，知长安木材缺乏也。院内多用土坯作墙，黄土涂壁，既缺美观，又难耐久，知长安砖与灰俱缺乏也。闻刘督军拟划出从前满城旧址（在城内东北隅，约占全城总面积三分之一）一部分，约二千九百亩建筑新大学，而以此处为预科校舍；然长安物价，较天津约贵三分之二（据关颂声君报告，洋灰一桶，在天津卖价大洋五元，此地卖价银三十二两，砖瓦木料皆贵至一倍以上，西北大学拟建筑新式楼房办公室一所，照天津物价估计，需洋七万元，照此地物价估计，需洋二十万元），陕西财政困难，此计划亦非短期内所能实现也。

长安雨少，故房屋虽欠修理，尚不至于坍塌。西北大学教员室，屋顶皆瓦松，密如鱼鳞，然室故无恙；若在北京，则大雨时行时，室内室外淋漓一致矣。

此次在长安参观之学校：除去西北大学以外，有第一中学校（在西仓门），第三中学校（在枣刺巷），职业学校（在举院巷），第一师范学校，第一女子初级中学校（皆在西安书院门），成德中学校（在北大街），女子师范学校（在梁府街）；因在暑期内，各校皆放假，故堂上功课无可参观。建筑则一中一师大体一致，院落宏敞，树木甚多，房屋多旧式，少楼房，全体形式，近于宫廷及衙门，而不类似学校。三中院落树木成林，是其特色。一师系关中书院故址，路闰生先生所住之仁在堂犹存（今为校长办公室）。第一女中系女子模范小学提升，院落较小。成德中学系前督陈树藩所创，曾拨与官地一万三千顷，作为基本金，财产充裕，房屋皆新式建筑，皆二层楼房，然工程太不坚固。至于梁柱材料多用杨木，墙壁材料杂用砖坯灰土，则各校皆一致也。

长安玻璃极贵，故各校门窗，俱不多用玻璃。

乙、官署 此次在长安，参观之官署甚少，然督军省长二公署，则各去过几次。督署在故明秦王府内（俗名皇城），系冯前督所造，用兵为工，用故秦王府城旧大破砖与杨木为料以造成，房间甚少，仅足应用。唯院落异常宏敞，满种小树，小树中间杂以水井菜畦，人路两旁满生芝草，每日太阳西下时，督署军人自己浇菜，风趣甚佳，十年以后，当然绿树成荫矣。省署在西大街路北，系前清旧布政使署，省署机关较多，刘督军之眷属寓焉，故房屋较多，房间较大，然妆饰朴素，固无以异于民居也。

丙、寺观祠宇 长安城内寺院，屡遭兵燹，多数荡然无存；其硕果仅存者仅有数处，兹谨将著者此次在长安参拜之寺观祠宇列举于左，以供参考：

一、文庙 在南门内东城根，殿宇院落皆宏敞，古柏甚多，古松仅有一株，旁院内附设孔教会所立之学校。

二、卧龙寺　在城东南隅卧龙巷，系汉灵帝时创造，后屡经改筑者。殿宇颇庄严宏敞，藏有康南海欲得之大藏经，经有二种：一系明太祖时南京出版者，一系明英宗时北京出版者，据该寺住持显安云，"长安城内寺院，共存三部大藏经，民国成立时，为兵士及居民所毁，今皆不全矣。"中国人富于破坏性可见一斑。寺之前殿入门处，有长三四尺宽尺余之大青石一块，上有形似蚯蚓之软体动物化石数具，颇可贵也。后殿所供之佛身系藤胎，犹是清初制造。

三、广仁寺　系喇嘛庙，在城西北隅，寺之东南二面皆农田，据云多系该寺产业。墙内多草花及木本花，墙外多高树，地颇清幽。正殿供铜像三尊，外饰以金，甚庄严，中央为观音像，两旁为文殊普贤像。观音像身体较大，面貌较平，微带白色，据云来自西藏。文殊普贤像身体较小，面貌较丰隆，颜色甚黄，据云来自北京。全寺喇嘛二十余名，有蒙古，本省人，河南人之别，掌教老喇嘛年五旬余，系蒙古人，由北京雍和宫派来者，能说北京官话，不大懂陕西话，民国五年来此。据云该教虽禁止杀生，并不禁止饮酒食肉也。

四、西五台　在广仁寺东南，与市街接近，台系累土筑成，上供佛像，共有五所，在城西北隅，故称西五台。其中二台已圮，二台为军人所住，仅最东之一台有尼僧住持，所供为菩萨。台之后殿最高，全城一览无余，城内人家院落内树木颇不少，但市街上甚有限耳。

五、清真寺　长安城内清真寺共有七处，著者仅参观二处。一最大者，为化觉巷清真寺，系唐玄宗时所建，有天宝元年王钬所撰碑，俗名东大寺。一最古者，为大学习巷清真寺，系唐中宗时所建，俗名西大寺。东寺甚大，西寺略小，二寺庙宇皆宏壮，雕刻甚古雅，附设回教义塾，读阿拉伯文字之可兰经，东寺并附有国民学校一处。

六、董子祠　在城东南隅，祀汉江都相广川董仲舒。董子墓在焉，正殿屋宇无恙，唯门窗户壁狼狈不堪，有许多贫民杂居其中。墓在正殿后，一坯黄土而已。庙内外共有石碑四座，皆明清时代所立者。正殿前西边有小跨院，董子苗裔在焉，寡母孤子及其姘头共三人。闻孤子仅十余龄，其母本其父之妾，父故后，子才数岁，乃另找一男子同居；其男子余曾晤面一次，三旬余之粗笨农夫耳，亦冒姓董。闻祠内祀田共十六亩，典质殆尽，长安绅士欲筹一笔款项，赎回祀田，逐走男子，现正在准备进行中也。

七、多忠勇公祠　在五味什字巷路北储材馆内，祀清中兴名臣忠勇公多隆阿。民国成立以后，改名忠义祠，起义及剿匪战没之军人皆附祀于此。现在前殿改作储材馆讲堂，后殿如故，多公神位在中央，西旁及两庑配享者皆民国军人。

八、左文襄公祠　在东木头市西头路南，祀清中兴名臣湘乡相国左文襄公宗棠；现在前半改为亚东宾馆，后殿仍为左公祠。二祠皆清末所建，虽不及以上各祠之古雅，然尚伟大，较之现在建筑，固远在以上。

北京近旁多圆塔，或八角塔，河南陕西境内多方塔，塔下不必定为坟，塔基亦不必定在寺内，有时为村中风水起见，特造一塔以为厌胜；塔亦不必甚高，平均高二丈上下者居多数也。

丁、一般建筑物　河南陕西境内之瓦房，往往作半圆形，有前半面，无后半面；废去梁柱，用劲山搁檩，无屋脊，当脊之处为房后山墙。

长安之瓦房，有仰瓦，无俯瓦，分量较轻，材料亦较省；然每房皆有明脊，既费材料，又为梁柱无故添出许多担负；自郑州以西至咸阳，旧式之瓦屋皆如此，不似京津最新建筑之瓦房，皆废去明脊，又轻巧，又省事也。自郑州以西至咸阳皆黄土层，土皆立体，中含铁质甚多，色近红，异常坚固，故乡僻之农人多住窑。城内之富家大族，亦往往在后院特掘一窑，夏日用以避暑。乡僻之人多住土房，城内之人虽住瓦房，亦往往用土墙土壁，官廨学校兵营皆如此，不独民居也。

长安之市街

长安城东西宽约七八里，南北长约四五里，周围约二十四五里，东西二门及由东至西之大街稍偏南，故北半城较大，南半城较小。东大街之北为旧满城，占城内地约三分之一，前清西安将军驻此，民国成立时，全城被焚毁，现在夷为平地，满人散居各处矣。北大街之西，西大街之北一带，俗名回城，实则有街，有巷，无城，不过为回教徒集中之地耳。长安城内居民，据西北大学法科主任蔡江澄先生言，"从前所调查之数约十二万，回教徒不足一万，然团体颇坚固。"繁华街市为西大街，桥梓口及南苑门，前二处为旧式商店集中之处，后一处为新式商店集中之处，经济之中心点，全城精华之所萃也。省长公署，财政厅，警察厅，长安县署，皆在西大街，实业厅亦距此不远，又政治之中心点也。

长安之古迹及古物

历代宫殿苑囿陵墓寺观，大半破坏，或尚存一部分（如慈恩寺之大雁塔荐福寺之小雁塔等），或仅存其基址（如弘福寺青龙寺遗址），或基址全无，此类甚多：即文王之丰，武王之镐，成王以后之宗周，汉之未央宫，长乐宫，亦在此例。所谓古迹，大半有名无实。古器具若石碑石人石马等，半为官吏或人民所盗卖，半为外国人或外省人（以古董商为多）收买或偷窃以去。明清以来不甚著名之石碑，多为本城石头铺收买，改大为小，作为新碑出售。

长安保存古碑之处名碑林，在南门内东城根，归图书馆照料。其中收容之古碑约百余种，大碑约二百四十块，小碑二千余块（两共约三千块）。魏碑仅有数块，唐碑甚多，有名者为石刻《十三经》。碑帖商每日派人捶击，自朝至暮无已时，自元旦至除夕无休日，受伤甚剧。教育图书馆在南院门，其中保存铜像石像陶器像不少，有佛，有菩萨，有韦陀，有天尊，有平常装束者，高者五六尺以上，小者尺余。大约皆系后魏隋唐时代遗物，由外国人或外省人，从外县收买或偷窃以去，途经长安，由本地官绅截留者。唐太宗昭陵前八骏中之六骏（其二骏先已失落），在陈前督任内，由其老太爷以十万元偷卖与日人，其中二骏已运出潼关，四骏为陈督派人截留，陈列于此以供众览。但全身已被日人击碎，现在系用粘料沾着而成，中多伤痕。

　　陕西城内以私人资格，收藏古物最多之处有二家，一为阎甘园，陕西蓝田县人，藏有古画古器多种。一为陈士地，字次元，河南河洛道卢氏县人，前清拔贡，北京法律学堂出身，现充督署秘书长，藏有碑帖五千余种。余常谓二君所存皆国粹，欲劝二君合组一博物馆，公开以供众览，然馆址房屋及陈列器具需款甚巨，亦非短期所能作到也。

西京胜迹

张恨水

从开元寺到碑林，从曲江、乐游原到武家坡，从大、小雁塔到新城、小碑林，从第一图书馆到华塔，从莲花池到西五台，从衣食住行到风俗观念，作者是一个实在的旅行者和讲述者。

这西京胜迹四个字，是本小册子的名字，乃张长工先生编订的。内容是将在志书上，和在西安当地考查所得，约编订了有一万字上下的简记，大概西安的胜迹，都网罗无遗了。不过他所举的，仅仅是沿革，没有加以描写。我根据了他那小册子，游历一二十处胜迹，颇得他的介绍力不小，就借重他这名字，总括我这段琐文。

开元寺

这寺在东大街路南，大门对着街上，门里是片广场，广场正面是庙，两旁是环形式的人家门户，猛然一看，不过一般中产以下的住户而已，可是里面藏了不少的奥妙。在那大门上，有块开元寺的石额，下面有块木板横额，正正端端，写了"古物商场"四字。按理说起来，这开元寺是唐朝开元年间的建筑品，历代都增修过，说这里是古物商场，当然可以邀初次西来的人相信。但是看官到西安，千万别见人就问开元寺在那里？或者说我要进开元寺去，因为那两旁人家不是古物，乃是东方来的娼妓，稍微有身分的人，是不敢踏进这古物商场一步的。但是我因为听说这里有塑像，有壁画，也许可以发现一点什么，就择了一个正午十二时，邀了一位教育所的凌秘书作陪，毅然决然地进去参观了。经过那广场，便是正殿，似乎这广场，原先都是殿宇，现在的正殿，已经是后殿了。正殿并不伟大，在佛龛四周，有十八尊罗汉塑像。其中有几尊，姿态很好，和北平西山碧云寺的塑像不相上下，我断定不是清朝的东西。不是元塑，也是明塑。有几尊由后人涂饰过，原来的面目尽失，大为可惜。然而就是我所认为姿态很好的，西安也很少人注意，始终是会湮没的。因为塑像这种艺术，清朝三百年来，是绝对不考究，所以没有好塑匠。我们把江南一带新庙宇的塑像，和北方古庙宇的塑像一比较，那就可以看出来。清塑是粗俗臃肿，乱涂颜色，清以上的塑像，大概都刻画精细，饶有画意。开元寺那几尊罗汉像，绝无粗俗臃肿之弊，眉目也很有神气，所以我认为很好。在这正殿上，有座佛阁，四面是窄小的游廊，很有点明代建筑意味。阁里很黑暗，有三四尊像，是近代塑出的，无足取。

碑林

这是西安最著名的一处名胜，在城东南，雇人力车，告诉车夫到碑林，就可以拉到，因为这是人力车夫，也知道这处名胜的。这林在旧府学里，现在归图书馆专员管理。进门在苍台满径的小巷子里过去，正北有个小殿，供有孔子的塑像，朝南有三进旧的屋宇，一齐拆通，一列一列的立着石碑。这里面共分着十区，第一区的唐隶，第二区的颜字家庙碑，圣教序，多宝塔，第三区的十三经全文，第六区的景教流行碑（大唐建中二年刻石），这都是国内唯一无二的国宝，在别的所在，是看不到的。这里的碑，共是四百多种，合两千四百多块。洛阳周公庙的石碑，唐碑本也不少，但这里的都出于名手，那是洛阳所不及的。文庙在碑林隔壁，顺便可去看看，里面有古柏几十棵，是西安第一个终年常绿的所在。

曲江与乐游原

曲江这两个字，念过唐诗的人，便会觉得耳熟，据传说，这里秦是宜春院，汉是曲江，隋是芙蓉池，到了唐朝开元年间，大加修理，周围七里，遍栽花木，环筑楼阁，可以任人游玩。虽不及现在的西湖，至少是可以比北平的北海的。唐诗上，随便翻翻，可以翻到曲江饮宴的题目。就是唐人小说上，也常常提到这地方，作为背景。我到了西安，就曾问人，曲江这地方还有没有？同时念着那杜甫的诗，三月三日天气新，长安水滨多丽人，和朋友开着玩笑。朋友答复，都说还有遗址可寻。这在我们有点诗酸的人，就十分高兴了。在一天下午，借了朋友的汽车，坐出南门，在那浮尘堆拥的便道上，驰上了一片土坡，那土坡高高低低，略微有点山形，在土坡矮

122

处，有几棵瘦小的树，映带着上十户人家，在人家黄土墙外，有座木牌坊，上面写了四个字，古曲江池。呵，这里就是了。当时和两个朋友，下了汽车，朝了人家走去。人家在洼地所在，门口是一片打麦场，东北西是土坡围着，向南有缺口。四周看看一点水的地方也没有。至于那四周的土坡，只是些荒荒的稀草，那里还有什么美景？但是据我的捉摸，这人家所在，便是当日曲江池底，由南去湾湾的洼地，正是引水前来的池口。因为由洼地到土坡上面相差有四五十尺，轻易是填不起来的。大概多少还留着原来一点形迹。我和朋友都不免叹了两声桑田沧海。在这曲江池的东南边土坡上，荒草黄尘，远远的看到西安城堞，在这黄黄的斜阳影里，说不出来是一种什么情趣。这地方就是乐游原，在汉朝的时候，春秋佳日，都人士女，都到这里来游玩。李太白的词上说，乐游原上清秋节，咸阳古道音尘绝。音尘绝，西风浅照，汉家陵阙。这似乎在太白当年，这地方已不胜有荆棘铜驼今昔之感的了。

武家坡

这三个字写了出来，读者不免要大大地吓上一跳，这不是一出京戏的名字吗？对了，这就是京戏上的武家坡。西安人很少舌尖音，水念匪，天念千，曲念检。他们的秦腔里面，有一出本戏，叫五典坡，是扮演薛平贵王宝钏的事，由抛彩球起，到算粮登殿为止。京戏可叫红鬃烈马。这五典坡，就在曲江池的南边深沟里。西安人念成五检坡，京戏莫名其妙的，就改为武家坡了。这一道深沟，弯曲着由西向东南，在北岸上，有三个窑洞门，都封闭了，传说那就是王宝钏为夫守节的所在。南岸随着土坡，盖了一所小庙，里面有王三姐和薛平贵的泥塑像，像后面土坡上有个黑洞，说是能够点了油灯照着向这里上去，另外还有一篇神话。其实也不过是看庙的人，借此向游人诓钱罢了。薛平贵王宝钏这两个人，本来是不见经传的，这武家坡当然也有疑问。但是西安的秦腔班子，几乎每日都有唱五典坡这出戏的，其叫座可知，那故事深入民间可知了。

雁塔

在科举时代，恭祝人家雁塔题名，那是一句很吉祥的话。这雁塔在慈恩寺内，寺在曲江池西北角，到城约五六里路。这寺和别的寺宇不同的，就是在正殿之前，列着一层层的石碑，不下百十来幢。唐朝神龙年后，选取的进士，都在这里碑上题上他的芳名。而雁塔也就因为这样流传士人之口，直到于今，塔在殿后高高的土基上，塔门有唐朝褚遂良的圣教序碑，并没有残破，也是为赏鉴碑帖的人所宝贵的之一。这个塔和开封的琉璃塔，恰好相处在反面。那琉璃塔是实心的，只在塔心划开一条缝，转了上去，所以塔里没有一寸木料。这雁塔却是空心的，倚靠了塔墙，四周架了栏杆板梯，临空上去。所以有三四个游人扶梯登塔的话，只听到，噔噔的一片踏木桥声，而且在上层的人，可以看到下层的人，便是其他的塔，也很少这种构造的哩。这个庙，在隋朝叫无漏寺，唐高宗为文德皇后改造过，改名叫慈恩寺，直到于今。

小雁塔

这塔在大雁塔西边，下面是荐福寺，塔虽有十五层，比慈恩寺的七层塔矮小得多，所以叫小雁塔。这里有两种神话，说是地震一回，这塔就会裂开，再震一回又合起来。又庙里有口钟，是武功河边捞起来的，相传有女人在河边捣，声闻数里，于是就掘得了这口钟。因为雁塔钟声，是关中八景之一，所以在这里顺带一叙。

新城与小碑林

在西安的人，听到新城大楼这个名词，就会感到一种兴奋。便是国内报纸，每记着要人驾临西安的时候，也会联带的记上"新城大楼"四个字。原来这是绥靖公署宴会的场合，要人来了，总是住在这里的。既是官衙，怎么又算西京胜迹之一哩？这就因为这里是明朝的秦王府，四周筑有土城，土城里，很大一片旷地，是前清驻防旗人的教场，旗人也就驻防在东北角上。辛亥军事城里一场大火，烧个干净。民国十年，冯玉祥手里，把这里重新建造了，叫做新城。到宋哲元做陕西主席的时候，更盖了一幢中西合参的大厅，因为下面有窑洞，所以叫大楼。合并两个名词，就叫新城大楼。大楼后面有个敞厅，里面立有大小石碑二三十块。其中颜真卿自撰自书的勤礼碑，最为名贵。这块碑，宋时，很多人模仿，元明就失传。民国十一年，在西安旧藩台衙门里挖出，虽然中断，全文不缺，据人推测，已埋在土中

125

一千年了。小碑林里有了这块碑，所以这个地方，也成为胜迹之一。只是这在绥靖公署里面，地方太重要了，游人是闻名而已。

第一图书馆

到西安来游历的人，省立图书馆，那是值得一游的。馆在南苑门，交通很便利，里面分着古物书籍两大部分。我所看到的，有以下几样东西，值得向读者介绍的：（一）八骏图。这是唐代的石刻，乃是在大石块上浮雕起来的，一种古朴的意味，和近代的石刻异趣。其中两块，被人盗卖到国外去了，现在只剩六块，嵌在东廊墙上。（二）宋版藏经全部，及明版藏经。这种书，国内别处，虽然也有，可是不及这里的多，满满的陈设了三间大屋子，据传说，有一万一千多卷。馆里对于这书，管理得很严密，非有特别介绍，不许参观。（三）唐钟，是唐睿宗用铜铸的，高一丈多，书画都完全不缺。现在东廊外，用一个特别的亭子罩着。（四）北魏造像。在西廊。另有其他许多唐宋石刻配衬着。（五）出土古物，也在西边屋子陈列着。虽然不多，各代的都有。周鼎尤其是宝贵。（六）汉宫春晓图。这幅图，藏在图书馆楼上，要特别介绍，方能由馆中负责的人，取下来看，画长二丈一二尺，阔一丈二尺余，上面所绘楼阁山水人物，非常细致。作书者为袁某，已不能记起什么名字了。据图书馆人说，这是明画。

华塔

这塔本不怎么高。但是值得一看的，就是每层塔上，各方都嵌有一个石刻佛像。这是唐代的石刻，在这里可以和北魏的造像，比较一下，研究研究这两个时代的雕刻如何。在第四层上，有个女像，据传说，是唐明皇为杨贵妃刻的。塔在书院街师范学校附属小学里，塔外围里一道矮墙，保护石刻，游人只能远看了。

莲花池

这池就算是西安的公园了，地址在城西北角，里面很宽阔。本来是明朝的水渠，后来干了。民国十七年，改为公园，栽了许多树木。南北两个池子，周围约一里多路，在池边树木里建了两三个亭子，为西安市上单有的一个市民清游之所。但是当我去游的时候，池里水干见底，很少清趣。听说西京建设委员会，要大大地修理一下，大概将来是会比现在较好些的。

西五台

这地方本不足观，但它很负盛名。因为那里有个大土楼，每逢旧历六月初六，有一度庙会，所以被人称道着。我在西安，震于它的盛名，也曾特意去了一次。这里更在莲花池的偏西，在很污秽的敞地上，一排有三个黄土台子。前面一个，上头有破庙一所，门口作了马营养马之所，当然是不堪闻问，最后一个，上面却有一个更楼式的亭子。登那亭子上，可以望到西安全城。始而我疑惑，这里那够算是名胜？后来向人打听，原来这是唐朝皇城的遗址，一千年以来，唐代宫阙，什么都没有了，仅仅就是这几堆城墙土基而已。

西安风俗之一斑

关于西京胜迹，那是书不胜书，我只到了这些地方，我也就只能描写这些地方。最可惜的，就是近在眼前的终南山，我竟不曾去走一趟。这并不是愿意交臂失之，因为初到的时候，赶着要上甘肃，回来的时候，又遇到天气十分热，只好罢了。现在还有旅客到西安，应当知道的一些风俗，拉杂写在后面。

西安人起得很早，在春天的时候，六点钟，就满街都是人。便是住在旅馆里，七点钟以后，声音也极其嘈杂，不容人晚起。这自然是个好习惯，作客的人，不妨跟着学学。晚上九点钟以后，街上已经难买到东西。

西安人是吃两餐的，早餐大概在上午十点钟附近，晚餐在下午四点钟附近。设若你接到请帖，订着晚四点或早十点，你不要以为这是主人翁提早时间，应当按时而去。

西北人的衣服，都很朴实，男子有终身不穿绸缎的。近年来，年轻的女子，也慢慢染了东方人士奢华的习气，但是也不过穿穿人造丝织的衣料而已，到西北去的朋友最好穿朴素一点，可以减少市民的注意。若是你穿西服，无疑的，市人会疑心你是老爷之流。因为除了东方去的年轻官吏，本地人是绝少穿西服的。摩登少年，也不过穿穿那青色粗呢的学生服，若在上海，人家会疑心是大饭店里的工友。如此看来，到西北去应当穿那种服饰，不言可喻了。

某一个地方的人，必是尊重一个地方的名誉，作客的人，在入境问俗的规矩之下，本不应该，在浮面上观察过了，就作骨子里面批评的。陕西人爱护桑梓的观念，大概是比别一省的人，还要深切。到西北去的人，对人说，我们回到老家来了，西北人刻苦耐劳，东南人士所不及，像这一类的话，只管多说，不要紧。若易君左闲话扬州而兴讼，胡适之恭维香港而碰壁，都是忘了主人翁地位说话的一个老大教训。到西北去的朋友，对于这一点，是必再三注意之后，还要再四注意。

西北人的旧道德观念，很深很深，所以男女社交，还只限于极少一部分知识阶段，此外，男女之防，还是相当的尊重。客人到朋友家里去，不可以很大意地向内室里闯。像上海朋友，住惯了鸽子笼式的房屋，不许可人分内外，久之，也就成了习惯，到了北平，就常因走到人家上房，引起了厌恶。若到西安去，也要谨慎。再者，在西北地方，便是走错了路，遇到妇女，也不宜胡乱开口向人家问路，我亲眼看见我的朋友，碰过很大的钉子。

最后，说到方言这个问题，陕甘宁青四省，汉人都是操着西北普通话，并不难懂。到西安去，扬子江以北的各种方言，他们都可以懂得。陕西方言，大概是喉音字，发出来最重，如我字，总念作鄂。舌尖音往往变成轻唇音，如水念作匪之类。大概知道这一点诀窍，陕西话是更容易了解了。

长安行

郑振铎

长安古今无不同，"没有一个城市比之今天的西安，更为显著地糅合着'古'与'今'的了。"长安之行，让作者的这种感觉无比深刻，历史就在这长安城里。

　　住的地方，恰好在开陕西省先进生产者代表会议，碰到了不少位在各个生产战线上的先进工作者的代表们，个个红光满面，喜气洋洋，看得出是蕴蓄着无限的信心与决心，蕴蓄着无穷的克服任何困难的力量。社会主义的工业建设是一日千里地在进展着，眼看见的将是一个崭新的大西安城，一个空前的宏大的工业城市。灰色的破落的西安，将一去不复返。我想，明年今天再来时，将很难认识现在的街道了。许多久住在这个古城里的朋友们和我一同出城一趟，便说："变得多了。已经连道路也认不出来了。前几个月来时，哪里有那么多的建筑物！新房子叫人连方向也辨不清了。"的确，这最年轻的工业城市，就建筑在一座中国最古老的文化城市的基础上。

　　说起长安，谁不联想到秦皇、汉武来，谁不联想起汉唐盛世来，谁不联想到司马相如和司马迁就在这里写出他们的不朽的大作品来，谁不联想到李白、杜甫、王维、韩愈、白居易、杜牧来，他们的许多伟大的诗篇就是在这里吟成的。站在少陵原上的杜公祠远眺樊川，一水如带，绕着以浓绿浅绿的麦苗和红馥馥的正大放着的杏花，组成绝大的一幅锦绣的高高低低的大原野，那里就是韦曲、杜曲的所在，也就是一个大学的新址的所在。杜甫的家宅还有痕迹可找到么？每一寸土，每一个清池的遗迹，都可以有它们诗般的美丽的故事给人传诵。相隔不太远的地方，就是蓝田县，就是辋川，也就是有名的诗人兼画家的王维所留恋久住的地方，就是有名的《辋川图》，和裴迪联吟的"诗中有画，画中有诗"的地方。从少陵原再过去，就是兴教寺的所在了。那是三藏法师玄奘的埋骨之地，一座高塔建筑在他的墓地上，旁有二塔，较小，那是他的大弟子圆测和窥基的墓塔；关于窥基曾流传过很美丽而凄恻的一段故事。这个地方的风景很好，远望终南山白云封绕，唐代的诗人们曾经产生出许多诗的想象来。

站在长安城的中心——钟楼的最高层上，向北看是大冢累累的高原。刘邦、吕雉的坟，以及他们的子孙的坟都在那里，晓雾初消的时候，构成了一幅像烽火台密布似的沧荒的奇景。向南向东望，是烟囱林立，扑扑突突地尽往天空上吐烟，仿佛蕴蓄着无限的热与力；就在那儿，十分重要的仰韶文化（新石器时代）遗址是相当完整地被保存着。再向东望，隐隐约约地可指出骊山的影子来，秦始皇帝就埋身其下。华清池依旧是最好的温泉之一。七月七夕，唐明皇和杨贵妃站在那里私誓"在天愿为比翼鸟，在地愿为连理枝"的长生殿也就在那里。向南望，双塔屹立，尖细若春笋的是小雁塔，壮崛而稳坐在那里似的是大雁塔。终南山在依稀仿佛之间。新建筑的密密层层地一幢幢的高楼大厦，密布在那里。向西望，那就是周文王、武王的奠立帝国的根据地丰京和镐京遗址所在地。灵台和灵囿的残迹还可寻找呢。读着《诗经》，读着《孟子》，不禁神往于这些古老的地方了。就在这些最古老的地方，新的建筑物和工厂，纷纷地被布置在丰水的两岸。还可望到汉代的昆明池，大的石雕的牛郎、织女像还站在那里，隔着水遥遥相望呢。——当地称为石公、石婆，并各有庙。

没有一个城市比之今天的西安，更为显著地糅合着"古"与"今"的了。在没有一寸土没有历史的古老文化的基础上，建立起了新的社会主义工业和新的社会主义文化。新的长安城，毫无疑问地，将比汉唐盛世的长安城，更加扩大，更加繁华。点缀在这个新的工业大城市里的是处处都可遇到的赫赫有名的名胜古迹和古墓葬、古文化遗址。从新石器时代的仰韶文化起，中国历史的整整大半部，是在这个大都城里演出的。它就是历史的本身。就是历史的具体例证。这些，将永远不会被埋灭。社会主义社会里的人民都知道将怎样保护自己的光荣的古老的文化和其遗存物。在林林总总的大工厂附近，在大的研究机构和学校的左右，有一处两处甚至许多处的古迹名胜或古墓葬或古代文化遗址，将相得益彰，而绝对不会显得有什么"不调和"。他们在休假日，将成群结队地去参观半坡村的仰韶遗址，那是四千多年以前的原始社会人民的居住区域。他们看到那些圆形的、方形的住宅，葬小孩子的瓮棺。他们看到那个时代的艺术家们，怎样在红色陶器的上面，画出活泼泼两条鱼在张开大嘴追逐着，画出几只鹿在飞奔着，画出一个圆圆的大脸，却在双耳之旁加画了两条小鱼，仿佛要钻进人的耳朵里去。他们看到那时候人民所用的钓鱼钩、鱼叉、鱼网坠。他们会想象得到：在那个时候，半坡这地方是多水的、多鱼的——那时候的人从事农业生产，但似以捕鱼为副业。他们看到骨制的鱼钩，已经发明了"倒钩"，会惊诧于那时的人民的智慧的高超的。他们将远足旅行到汉武帝的茂陵去。在那里，会看见围绕着那个大土台，有多少赫赫的名臣、名将的墓。霍去病、卫青、霍光都埋葬在那里，还有李夫人的墓也紧挨着。在那里，还可以捡拾得到汉砖、汉瓦的残片。霍去病墓的石刻，正确地明白地代表了汉武帝那个伟大时代的伟大的艺术创作。现存着十一个石刻，除了两个鱼的雕刻——似是建筑的附属物——还在墓顶上外，其他九个石刻都已经盖了游廊，好好地保护起来。谁看了卧牛和卧马，特别是那一匹后腿卧地而前蹄挣扎着将起立的马，能不为其"力"与"威"震慑住呢！那块"熊抱子"的石头，虽只是线刻，而不曾透雕，但也能把子母熊的感情表达出来。那两千多年前的中国雕刻家们的作品，是和希腊、罗马的雕刻不同的，是别具一种民族风格、是世界上最高超的艺术品之一部分。谁能为这些石刻写几部大书出来呢？有机会站在那里，带着崇高的欣赏之心，默默地端详着它们的人们，是幸福的！他们还将到华清池去，过个十分愉快的休沐日。他们还将到唐高宗的乾陵去，欣赏盛唐时代的石刻，一整列的石人、石马，一对驼鸟、一对飞马，还有拱手而立的许多酋长、番王的石像（可惜都缺了头），都值得看了又看，看个心满意足。长安城的内外，是有那么多的名胜古迹，足资流连，足以考古，足以证史的地方啊。一时是诉说不尽的。韦曲、杜曲、王曲以及曲江池、樊川等古人游兵之地，今天只要稍加疏浚，也就可以成为十分漂亮的人民公园。我想不久的将来，我们就会看到那个宏伟而美丽的大公园在长安城南出现的。"古"与"今"，古老的文化和社会主义的工业建设，结合得如此的巧妙，如此的吻合无间，正足以表现我们中国是一个很古老的国家，同时又是一个很年轻的国家。不仅西安市是如此，全国范围内的许多城市也都是同样地把"古"与"今"结合起来的，而西安市是一个特别突出的、值得特别提起的一个典型的好例子。

1957 年 1 月

（三）西安山水：连山到海隅

水经注·华岳（节选）

（北魏）郦道元

华山，又称"太华山"，是中国五岳之一。南接秦岭，北瞰黄、渭。华山无地不险，无石不险，无峰不险，素有"奇险天下第一山"的说法。

河水历船司空，与渭水会。《汉书·地理会》："旧京兆尹之属县也。"左丘明《国语》云："华岳本一山当河，河水过而曲行。河神巨灵，手荡脚蹋，开而为两，今掌足之迹，仍存华岩。"《开山图》曰："有巨灵胡者，遍得坤元之道，能造山川，出江河。所谓巨灵赑屃，首冠灵山者也。"常有好事之士，故升华岳而观厥迹焉。自下庙历列柏南行十一里，东回三里，至中祠。又西南出五里，至南祠，谓之北君祠，诸欲升山者，至此皆祈请焉。从此南入谷七里，又届一祠，谓之石养父母，石龛、木主存焉。

又南出一里，至天井。井裁容人，穴空，迂回顿曲而上，可高六丈余。山上又有微涓细水，流入井中，亦不甚沾人。上者皆所由陟，更无别路。欲出井望空，视明如在室窥窗也。出井东南行二里，峻坂斗上斗下，降此坂二里许，又复东上百丈崖，升降皆须扳绳挽葛而行矣。南上四里，路到石壁，缘旁稍进，径百余步。自此西南出六里，又至一祠，名曰胡越寺，

137

神像有童子之容。从祠南历夹岭，广裁三尺余，两箱悬崖数万仞，窥不见底，祀祠有感，则云与之平，然后敢度，犹须骑岭抽身，渐以就进，故世谓斯岭为搦岭矣。度此二里，便届山顶。上方七里，灵泉二所：一名蒲池，西流注于涧；一名太上泉，东注涧下。上宫神庙近东北隅，其中塞实杂物，事难详载。自上宫东北出四百五十步，有屈岭，东南望巨灵手迹，惟见洪崖、赤壁而已。都无山下上观之分均矣。

望秦川

[唐] 李颀

秦川，原指秦岭以北的渭河平原，这里泛指长安一带。清晨，诗人纵目远望，远处山峦叠嶂，近处河清水澄。长安叠城重阙，森严罗列，真是一派雄伟壮观。然而，秋色正浓，霜露生寒，想到抱负难成，不免凄伤。

秦川朝望迥，日出正东峰。

远近山河净，逶迤城阙重。

秋声万户竹，寒色五陵松。

客有归欤叹，凄其霜露浓。

望终南山寄
紫阁隐者

[唐] 李白

终南山，在今西安市南，秦岭主峰之一。而紫阁是其中的一座山名，因阳光照射时有紫气飘浮，山体高耸像楼阁，故名。当时，诗人在长安供奉翰林遭谗。终南山的美景，让他坚定了栖隐之心。

出门见南山，引领意无限。

秀色难为名，苍翠日在眼。

有时白云起，天际自舒卷。

心中与之然，托兴每不浅。

何当造幽人，灭迹栖绝巘。

140

终南山

［唐］王维

终南山，又名太乙山，简称南山，属于秦岭山脉的一段。看着山中缥缈的云雾，造型各异的山峰，诗人将自己流连忘返、投宿山中人家的场景一一描绘于纸上，宛若一幅轻描淡写的山水画卷。

太乙近天都，连山接海隅。

白云回望合，青霭入看无。

分野中峰变，阴晴众壑殊。

欲投人处宿，隔水问樵夫。

终南别业

〔唐〕王维

诗人厌倦了尘世的喧嚣，想醉心于山林的清幽里。悠然前行，追随着流水的脚步；临溪独坐，看白云悠悠。偶然于山间遇到一位林叟，相谈间，竟然忘了归期。

中岁颇好道，晚家南山陲。

兴来每独往，胜事空自知。

行到水穷处，坐看云起时。

偶然值林叟，谈笑无还期。

丽人行

[唐] 杜甫

三月的曲江河畔，春色如新。结伴而行的游春仕女们，华贵雍容，言笑晏晏。笙箫歌舞，声声不歇。杨花浮水，青鸟暗衔。我劝常人莫近前，以免丞相瞋。

三月三日天气新，长安水边多丽人。

态浓意远淑且真，肌理细腻骨肉匀。

绣罗衣裳照暮春，蹙金孔雀银麒麟。

头上何所有？翠为匎叶垂鬓唇。

背后何所见？珠压腰衱稳称身。

就中云幕椒房亲，赐名大国虢与秦。

紫驼之峰出翠釜，水精之盘行素鳞。

犀箸厌饫久未下，銮刀缕切空纷纶。

黄门飞鞚不动尘，御厨络绎送八珍。

箫鼓哀吟感鬼神，宾从杂遝实要津。

后来鞍马何逡巡！当轩下马入锦茵。

杨花雪落覆白蘋，青鸟飞去衔红巾。

炙手可热势绝伦，慎莫近前丞相瞋！

秋兴八首（选二）

[唐]杜甫

从蜀地瞿塘到长安曲江，南北相隔万里，诗人陷入了对往昔的怀想中，曾经巍峨的宫殿，庄严的早朝，热闹的宴会，而今一切物是人非，繁华不在，长安黯然，徒留无限惋惜。

其五

蓬莱宫阙对南山，承露金茎霄汉间。

西望瑶池降王母，东来紫气满函关。

云移雉尾开宫扇，日绕龙鳞识圣颜。

一卧沧江惊岁晚，几回青琐点朝班？

其六

瞿塘峡口曲江头，万里风烟接素秋。

花萼夹城通御气，芙蓉小苑入边愁。

珠帘绣柱围黄鹄，锦缆牙樯起白鸥。

回首可怜歌舞地，秦中自古帝王州。

泛渭赋 并序

[唐] 白居易

渭水，即现在的渭河，流经西安，是现在黄河最大的支流。渭水南有秦岭横亘，北有六盘山屏障。重山万岭，诗人乘舟而行。挽不住的山水之色，让人怎不想放纵一回。

右丞相高公之掌贡举也，予以乡贡进士举及第。左丞相郑公之领选部也，予以书判拔萃选登科。十九年，天子并命二公对掌钧轴，朝野无事，人物甚安。明年春，予为校书郎，始徙家秦中，卜居于渭上。上乐时和岁稔，万物得其宜；下乐名遂官闲，一身得其所。既美二公佐清朝之理，又荷二公垂特达之恩。发于嗟叹，流于咏歌。于时，泛舟于渭，因为《泛渭赋》以导其意。词曰：

亭亭华山下有人，跂兮望兮，爱彼三峰之白云。泛泛渭水上有舟，沿兮溯兮，爱彼百里之清流。以我为太平之人兮，得于斯而优游。又感阳春之气熙熙兮，乐天和而不忧。

曰予生之年兮，时哉时哉！当皇唐受命之九叶兮，华与夷而无氛埃。及帝缵位之二纪兮，命高与郑为盐梅。二贤兮爰立，四门兮大开。凡读儒书与履儒行者，率充赋而西来。虽片艺而必收兮，故不弃予之小才。感再遇于知已，心惭怍以徘徊。登予名于太常，署予职于兰台。台有兰兮阁有芸，芳菲菲其可袭。备一官而无一事，又不维而不縻。家去省兮百里，每三旬

145

而一入。川有渭兮山有华，澹悠悠其可赏。目白云兮漱清流，其或偃而或仰。门去渭兮百步，常一日而三往。夜分兮叩舷，天无云兮水无烟。迟迟兮明月，波澹滟兮棹寅缘。日暮兮舟泊，草萋萋兮沙漠漠。习习兮春风，岸柳动兮渚花落。发浩歌以长引，举浊醪而缓酌。春冉冉其将尽，予何为乎不乐？鸟乐兮云际，鸣嘤嘤兮飞裔裔；鱼乐兮泉底，鬐拨拨兮尾澈澈。我乐兮圣代，心融融兮神泄泄。伊万物各乐其乐者，由圣贤之相契。贤致圣于无为，圣致贤于既济。凝为和兮聚五福，发为春兮消六沴。不我后兮不我先，适当我兮生之代。彼鳞虫兮与羽族，咸知乐而不知惠。我为人兮最灵，所以愧贤相而荷圣帝。乐乎乐乎！泛于渭兮咏而归，聊逍遥以卒岁！

你一人离去，留我在这里空等。别问想了多久，我只知道渭水上又刮起了秋风，长安道上又坠满了落叶。隔着千山万水，只剩往昔的回忆作伴，诗人盼望着好友吴处士的归期。

闽国扬帆去，蟾蜍亏复圆。

秋风生渭水，落叶满长安。

此地聚会夕，当时雷雨寒。

兰桡殊未返，消息海云端。

147

华清汤池记

[唐]陈鸿

华清汤池不仅是唐玄宗的沐浴之处，也是他
与杨贵妃的游玩、淫乐之所。沉迷情乐中的
他不爱江山，爱美人。最终失了皇位，失了
爱妃，失去了一切欢乐，被时代无情地抛弃
在了凄凉的角落里。

玄宗幸华清宫，新广汤池，制作宏丽。安禄山于范阳，以白玉石为鱼
龙凫雁，仍以石梁及石莲花以献。雕镌巧妙，殆非人功。上大悦，命陈于
汤中，仍以石梁横亘汤上。而莲花才出水际，上因幸华清宫，至其所，解
衣将入，而鱼龙凫雁，皆若奋鳞举翼，状若飞动。上甚恐，遽命撤去，而
莲花今犹存。

又尝于宫中置长汤数十，门屋环回，甃以文石。为银楼谷船及白香木
船致于其中。至于楫棹，皆饰以珠玉。又于汤中垒瑟瑟及沉香为山，以状
瀛洲、方丈。《津阳门诗》注曰："宫内除供奉两汤外，而内外更有汤
十六所。长汤每赐诸嫔御，其修广于诸汤不侔，甃以文虫密石。中央有玉
莲捧汤泉，喷以成池。又缝缀锦绣为凫雁，致于水中。上时往其间，泛钑
镂小舟以嬉游焉。"次西曰太子汤，又次西少阳汤，又次西长汤十六所。
今惟太子、少阳二汤存焉。其穷奢而极欲，古今罕匹矣！

怀紫阁山

［唐］杜牧

紫阁山，原名紫盖山，古时为终南名山之首。在这山中，哪怕是只写诗作文，哪怕是只独坐冥想，都是美好的。但是诗人也深知，真正付诸行动归隐青山，又是十分不容易的。

学他趋世少深机，紫阁青霄半掩扉。

山路远怀王子晋，诗家长忆谢元晖。

百年不肯疏荣辱，双鬓终应老是非。

人道青山归去好，青山曾有几人归？

过骊山作

[唐]杜牧

骊山，在今西安市临潼区东南，因景色绮丽，有"骊山晚照"之美誉。诗人回想当年，始皇平六国，一统天下，何等的霸气恢宏。奈何不懂得经营，毁了自己，亡了社稷，霸业终成了土。

始皇东游出周鼎，刘项纵观皆引颈。

削平天下实辛勤，却为道旁穷百姓。

黔首不愚尔益愚，千里函关囚独夫。

牧童火入九泉底，烧作灰时犹未枯。

曲江池赋

[唐] 王棨

曲江池,在今西安城东南,因水流曲折而得名。这里不管春夏秋冬,皆有景可玩可赏。远处丛山俊朗,近处涟漪滚烫。我多想要跌入这曲江池中,尽情幻想。我多想一切都能长久地保持下去。

帝里佳境,咸京旧池。远取曲江之号,近侔灵沼之规。东城之瑞日初升,深涵气象;南苑之光风才起,先动沦漪。其地则复道东驰,高亭北立;旁吞杏圃以香满,前噏云楼而影入。嘉树环绕,珍禽雾集。阳和稍近,年年而春色先来;追赏偏多,处处之物华难及。

只如二月初晨,沿堤草新,莺啭而残风袅雾,鱼跃而圆波荡春。是何玉勒金策,雕轩绣轮,合合沓沓,殷殷辚辚。翠亘千家之幄,香凝数里之尘。公子王孙,不羡兰亭之会;蛾眉蝉鬓,遥疑洛浦之人。是日也,天子降銮舆,停彩仗;呈丸剑之杂技,间咸韶之妙唱。帝泽旁流,皇风曲畅。固知轩后,徒游赤水之湄;何必穆王,远宴瑶台之上。

复若九月新晴,西风满城。于时嫩菊金色,深泉镜滑,浮北阙以光定,写南山而翠横。有日影云影,有凫声雁声。怀碧海以欲垂钓,望金门而思濯缨。或策蹇以长愁,临川自叹;或扬鞭而半醉,绕岸闲行。是日也,樽俎罗星，簪裾比栉。云重阳之赐宴，顾多士以咸秩。上延良辅，如临凤沼之时；旁立群公，异在龙山之日。

若夫冬则祁寒裂地，夏则晨景烧空。恨良时之共隔，惜幽致以谁同？孰见其冰连岸白，莲照沙红？蒹葭兮叶叶凝雪，杨柳兮枝枝带风。岂无昆明而在乎畿内，岂无太液而在乎宫中？一则但畜龟龙之瑞，一则犹传战伐之功。曷若轮蹄幅凑，贵贱雷同，有以见西都之盛，又以见上国之雄。愿千年兮万岁，长若此以无穷！

游紫阁山

看着那与华山的仙人掌峰遥遥相对的紫阁山，或许只有这高耸的山势，才会出现白云浮于山涧、山腰降雨的奇景吧。身在官场，诗人是多么羡慕那渔樵，多想体验一把归隐山林的仙家乐趣。

仙掌远相招，萦纡渡石桥。

暝云生涧底，寒雨下山腰。

树色千层乱，天形一罅遥。

吏纷难久驻，回首羡渔樵。

153

登莲花峰记

［宋］王得臣

初秋的一天傍晚，王元冲身着麻衣斗笠，脚穿草鞋，前来投宿。因为游遍名山古迹的他唯有华山未曾登临，好奇使然，便来到了此地。作者以第三人称的叙述方式，绘景叙事，表现人物，十分别具匠心。

嘉祐癸巳之岁，吕巧臣兄自江入秦。冬十二月，宿于北华之野狐泉店。到时日晚，势尚早，逆旅喧哄。吕巧臣乃与予同登南坡兰若，访僧曰义海，气貌甚清，谈吐亦雅，中夜围炉，设茶果待客颇勤，因话三峰事。海曰："去年初秋一日，日迫暮，有士人风格峻整，麻衣芒履，荷笠而来投宿者。问其所至？姓氏谁何？答曰：'元冲，姓王。来自天雄，性甘隐遯，好奇为心，所游陕诸山名迹，尽东南之美矣。惟有华山莲花峰之秀异未觌，今则力役一登尔。'"

海师谓之曰："兹山峭拔若削，自非驭风凭云，亦无有去理。"

元冲曰："贤人勿谓天不可升，但虑无其志耳。仆亦之华阳川，中有路，志其幽寻焉。"

海观其辞气壮厉，亦然之。元冲曰："某明日且去。其日当留山址。计其五千仞为一旬之程，亦足矣。既上，当煤火为信。至时，可乘桃林南野望。"

翌日，元冲发笈取一药缶，并火金怀之而去，义海书于屋壁。

期一日，至桃林宿。明日平晓，岳色晴明，无纤翳。伫立数息间，有白烟一道，欻起莲花峰顶。海秘之不言，复归。

二旬而元冲至，歇定乃言曰："前者既入华阳川中，寻微迳，萦纡至莲花峰下，憩止一宿，方登。初登也，虽险峻，犹可垂足以迹，困则伏于石庵中，暮亦如之。既及华三分之一，则壁立群嶂，莓苔冷滑，石罅纵横，仅容半足。乃以死誓志，作气而登，时遇石发垂下，接之以升。再一旬而及峰顶，广约百亩。中有池，亦数亩，菡萏方盛，浓碧鲜红。四旁则巨桧乔松，竦擢于霄汉，余奇花芳草不可识。池侧有破铁舟，触之则碎。周览已，乃取火金敲之，揉枯荄以承之，大木亦有朽仆于地者，拉其枝干爨火焉。既而循池玩花，将取数叶，又思灵境不可渎，只采取落叶数片，及铁舟寸许怀之。一宿乃下，下之危峻复倍于登陟时。"

海不觉前席，执元冲手曰："君固三清之奇士也！不然，何以臻兹。"于是，元冲以莲叶、铁赠义海。

明日，复负笈而去，莫知所终。则尚子寻五岳，亦斯人之徒欤。

骊山三绝句

[宋]苏轼

骊山那一块土地，秦代的阿房被烧了，还未来得及修复，唐代又在这盖起了华清宫。古来帝王皆如此，仗着太平无事，不懂居安思危。一国之存亡皆诿罪于一名女子。

其一

功成惟欲善持盈，可叹前王恃太平。
辛苦骊山山下土，阿房才废又华清！

其二

几变雕墙几变灰，举烽指鹿事悠哉。
上皇不念前车戒，却怨骊山是祸胎。

其三

海中方士觅三山，万古明知去不还。
咫尺秦陵是商鉴，朝元何必苦跻攀。

山坡羊·骊山怀古

[元] 张养浩

诗人登上骊山，四处观望，曾经的阿房宫已被一把火烧没了，而今断壁残垣，只有荒凉的草肆意生长。诗人感慨，无论输赢，这些诸侯国，这些奢侈的宫殿都淹没在了历史的长河里，无法久存。

骊山四顾，阿房一炬，

当时奢侈今何处？

只见草萧疏，

水萦纡，

至今遗恨迷烟树。

列国周齐秦汉楚。

赢，都变做了土；

输，都变做了土！

游华山记

［明］王履

作者登临华山，写西峰记，写南峰记，写东
峰记，写玉女峰记，写沿途之风景，写登山
之感悟……乘兴而来，乘兴而归，在这华山间，
何其自在！

始入华山至西峰记

寓长安之逾年，新丰丘丈来，偶谈登华山所得，且怂恿余，遂诺焉。
时暑溽，期秋初偕余再登。

七月十有八日，至丘丈所，而丈适病余，尚困，命其外孙沈生相余。
骑驴行，并以日夜，越二日，暮抵华阴递运所，托宿焉。大使黄某具酒肴
待，因以所登难易为问。曰："官此六年，去山仅数里，惧弗胜，兴作随止。
闻游者及青柯坪仰瞻，多自沮而退，以故卒不敢往。"遣其仆惯登者二人导余。

翌日，早食毕行。近山口，泉声琅然。稍入，殿角出灌木中。仆曰："此
王泉院也。"至院外观希夷先生塑像，熟睡如生。立清樾中，风泠泠来，
苍须动摇，而尘垢之面如濯。诸道士出迎，具茶果。言缘险难甚，草木交戟，
不可以礼服。赠余一杖，谓扶到青柯坪而止，以上则不可杖矣。于是冠履

外服等悉留院中，唯幅巾、短衣、行縢、草履而已。沈生健，善步，跣以行二仆前。

逍旁山对开，神意飞动，未遽行，且览其概。于时宿云在岭，群峭未出，余烟自旁山上骞，朝阳射其端，壁立之妙，荏苒可得。风触壁一鸣，寥寥焉而往，调调焉而不知其所穷。

余善画，相契时深，遂凝立。四人已及远，呼予且趣急登，而安知予之所得不在急也。地多樲棘，且蘙荟不见路。二仆予离，辄误岐之他。势相错，稍不谨视，则触面冒发，蹢且踬，杖攀以进。予素不善步，骤登累息不能制，必俟定始行。予时以纸笔自随，遇胜则貌，故行视四人愈迟。四人常先，若犹豫然。然沈生知予，见予策亦策，予憩亦憩；予僮虽不解画，颇解吾癖，遇奇树奇石即报，亦颇慧。貌不能尽者，俾记之。

及涧，而斧斤声杂蝉鸣鸟咻中出。辍策听之，歌"伐木丁丁，鸟鸣嘤嘤"诗以过。泉淙淙然，如琴如筑，如佩环不少休。其淳汇处澄澈如镜，微涟动摇，日影上壁。中多红白砾，予盥颒，清寒透骨。试尝焉，甚甘美。忆向年饮吾乡阳山泉，不知去此几十倍。涧北绝径处实如柚者下垂，僮以为橘，越险而撷之，蜇口，略不可食，弃去。

刿峣西转，至小石洞。洞外平石如枰，中可参坐，恨不携本道辈弦琴于兹以写幽抱。既而坐枰上，书所赋诗。而东岩方洞适与之对，意灵诡内潜，遂相率以入。仆曰："此希夷匦耳"，盖其葬处也。荆梗道，不得近。因疑匦为函，恐指所盛蜕者，而俗谓之匦与。

辰巳许，及上方峰。峰直立，铁锁下垂。望峰端漫不辨何似，但峰腰杂树倒悬斜倚，而幽意可人。锁两畔多小坎，从下达上，深可二寸，仅容履端，盖登则缘锁以托足者。仆曰："上有道士王友岩居之，不下峰，唯玉泉一二道士时裹粮往食之。"锁尽处乃石罅，号"西天门"。北峰盖唐玄宗妹金仙公主驾鹤升仙之地，而门则玄宗觅金仙以凿焉者也。从门入，屈曲以上，盘折数峰顶，始及友岩所居。南望连山，不知止于何所。上无杂草，唯细辛一方，不多产。予虽摇中而惮险弗敢进，坐峰根娑罗树下，瞻怅者久之。

由峰根北折，度狭径，容仅一人，径外则壑谷类也。地不生草，皆败叶所覆。行叶上不知洼隆，蹑空辄仆。予误蹑径侧，一失脚几堕崖下。偶旅迹幽翳中，古藤郁屈可畏，正蹑树根进，叶卒然鸣，疑以为蛇也，注视者久。

樵人适从上来，予问青柯坪远近，不对，唯放歌倡答而去。出树外，石突突立，中豁若斧劈然。仆曰："此第一关也。乡兵乱时，民逃入山，垒石绝此，遂全。"予视关内，尚乱石旁聚无数。关右二黑石虎踞，因坐摹之。忽不知四人所在，厉声呼，不应，迹之半里所，则皆坐涧边，投石于涧中以戏。此处水深路绝，当蓦涧。赖涧石参错不远，蹦过。既过，回视其濊灂衍漾砯冲之态，而吾意适永不能以遽释，几失吾主。涧外瀑布正悬南崖端，下激树干，飞沫成雨点，因风容与，久而后坠。又百余步，则第二关也。类天作，亦似人为，视第一关壮虽不逮，而险则过之。关中阴风劲甚，不可留，促步出。返顾所来，则一青霭尔。

复登顿冥密以行，诘屈数百折，见平绿霭然林端。既至，青柯坪也，山恰半。从入山来，悉崎嵚侧塞，夷者唯此，草长过人。冈之上有神祠焉，础余瓦缺，像设多坏。祠旁小室中，敝灶犹存，知旧有所主也。日正午，少饥，初拟假曩于此，不意荒寂若是，幸持瓜果饼脯，分食之，汲祠畔井止渴。日渐热，足软不可支，卧祠前石阶上。适二道士自上下，问焉，盖玉泉之侣，从西峰还也。与之语，虽无所奇，亦善遗世者。

自山口至此，其石之奔突倚伏，出林翳树者，殊形诡观，殆不能以物拟。祠西南则始攀锁处也，置杖草间。闻松风飔然，此以下皆杂木无松，以上则纯松矣，蝉鸟遂绝。诗人谓"山深无鸟声"，信然。锁曳危石上，仆先进，予亦攀过。路萦纡并石根，极隘，瑟缩以行。路断接以木，行则摇。少选，一峰前障，不甚峻，上大下小，所谓巘也。无草树，黑黄白相间，上有赤白二圆形。仆曰："日月岩也。"岂生成者与？复行余二百步，直岩崭立，有短橛阁崖罅为级如梯，锁旁垂。问之，乃百尺橦也。级每腐或缺，掇级以上，先轻蹑试之，然后置足。过此又有类是而愈长者，千尺橦也，缺腐亦然。纵仆辈欲援，何以为力！

既上，凡石之如峤如扈如峭如峀者，眩视不可数。抵前崖，径忽断，崖峻削无可为径者，即崖腹缀小木如枸，当绝谷之上，凡三接始及径。锁亦横缀崖腹。余目焉，迹未及而先痿矣。遣四人前度，虑逼吾后以振也。余赵趄握锁寸进之，闭听壹视，步歇半，木伊轧鸣。东野登阁，尚称"脚脚踏坠魂"，吾今何称哉！因自咎以亲肢履此险，其孝安在？昌黎恸哭遗书以诀者，即此非与？半时许乃得过。问诸仆，仆曰："老君离垢也。"信仙凡之隔如是。

复斗折道松林中，翳不见日，毛发为之耸然。沈生谒山神祠有祷，惧苍龙岭之迅风也。既至，老木赤立，惟东南一枝仅存，微有叶，根乱布石上，若万小蛇攒缀蠕动。余骇焉，貌其大较。因思平日画树，虽搜奇猎怪，致巧宁得似此！所谓画不神于所仿，而神于所遇也。然而望蜿蜒入云势，未知何以处此。

尝闻登者言，度岭慎勿旁视，视则恶风至，危不可度。岭凡两折，中突旁杀如背，色正黑。锁当背上，并锁皆小坎，亦犹上方峰所托足者。二仆先示所以登，余匍匐蹜其后以式，大喘不自禁。四面布伏，岭背窃窥其旁，则深不见底，安知其几千仞，但松头澉澉，出没苍烟中，万峰罗拱向背，高低斜正，起伏若翠浪汹涌相后先，秀不可状。风飒尔有声，众籁齐作，沓荡奔激，远近胥应。忆登者言，遂胆掉股栗不能动。去上折无几，视若天渊然。风稍止，寻进，而仆已过上折矣。余强勉尽一折，日少昃，愈热，余裸上体，犹流汗不止。行上折，觉稍便，渐熟故也。自岭下仰观，将谓顶绝无复过此；及岭端则峰头插云，尚不知有几里。由是筋骨如蜕，喘促弗暇出一语，倚树息。四人则相语角健，若贾勇于余者。时云方瀚然，进退开合，若相与相背，往来四峰端，悠扬不已。余神凝其间，忘所以事事者。仆辈弗是喻，促以西峰尚远勿稽，遂作以行。至此则少土，皆径于石，锁纵横，罕无锁者。

又越五六险，始及镇岳宫。宫在西峰顶东，诸神列坐，不辨谁何。松罅间金壁参差，与日争炫者，岳帝庙也。庙后松极森邃，风一振之，掩苒之形，纤徐之韵，由松端倏尔东骛，接之既泯，忽又如在。余行迟，常殿，四人已及庙，笑语未竟而曼声速余，至则烹茶熟矣。道士王老师款坐，庙之前则其居也，四壁萧然。余意其以一身而处于荒冷僻绝之区，无所畏无所悔者，非有得其能尔耶！茶罢，徐叩所有，则平平焉耳，乃知其不得于见道，而得于寡欲也。

窗在西壁，隙有光。启窗而其居则庋之悬崖之上。俯瞰峻谷，不见所极，唯松顶麻萃，斜距窗二丈许。峰壁峻拔，自峻谷直上霄外，略无突陷，真所谓削成者。壁上一松，寄之罍间，根直下如悬死蛇，枝稍正拂窗，手可接松实累累。余投以断甓，弗中坠下，触石且坠且触，声如从瓮中来，良久始息。

至是则颓阳向微，霞彩渐发。倚窗望西北，平田无际，荒烟莽然。中有渭水，委蛇如龙，日光射水中，金闪烁不敢正视。居之南乃大冈，颇类龟背，色墨殊粗。冈之下，群峰如攒剑，如束笋，无一浑然者。予将摹之，而岚霭迷漫，弗果。东望玉女峰，殿正在峰顶，雪壁烁日。殿旁有物，似人非人，往还松树间，远不可辨。冈稍南，大迹一冈上，深可三寸，长四尺余，旁镌"巨灵足"三字。窃谓力能擘山，其足迹仅如此，得微不能载其形乎？且东峰掌形自峰端达峰底，假使所传果然，则如彼之大手，而配以如此之小足，有是理耶？东则东峰、玉女峰昆季相倚，唯南峰巍焉独出，俍视三峰。薄暮不及往，遂宿焉。风怒号，御夹犹冷，视苍龙岭裸体，其寒暑之异乃尔哉！

南峰记

拂旦起，王道士出《华山记》相示，自峰崖洞谷池潭外，其宫观古迹等不可计。道士虽老而兵余湮毁不甚识，又龙锺弗能余偕，故无以考。

食已，纤云不痕，旭日初吐，露未晞，具行縢草履以适南。冈外皆松林也，裁入，笙簧盈耳。既不见天，宁复有露！但叶声随足，悉屑可听。屈盘行林中，迤逦渐高，境意交至弗暇接。将谓地升，恍不记自西峰来也。松皆合抱，森若笋擢，盖以险而存，非如他木之得全于拥肿也。寒不生陵苔，唯萝薜青青，以与松永，神则有之，而樵斤不及。余感其得所栖焉，于吾中永依依不能去。

行二三里，稍疲，坐松根养力，而四人已在石梁外高唱曰："南峰至矣。"起而前，仆曰："此希夷避诏崖也。"余凡行，以目昏不敢流盼，竟不知已达岩底。因仰首，怪状可愕。岩上覆如屋，似蜂窠然，颇类太湖石，或类涛波荡潏所为，淡黑津津焉。余坐观不厌，自谓不世奇逢，细貌之，仅得仿佛。西南角一罅明透，可侧身入。余命僮掖入之，及罅半，见罅外树梢动摇，日影流罅中，明暗稍分。上滴沥如雨，阴气挟罅风扑人，巾服皆润，下湿不敢进。僮曰："壁有镌字四行，不识字不辨。"余眊，亦不之识。

俄罅外喧声，意游者相与。僮曰："吾之伴三人也。"僮因呼其名，答在朝元洞待。由是自岩底北旋嶢屼中，度小権。又度架枝代権者三，若波舟之所摇荡，古松一根扳卧壑上，于道勃窣。逾松上过，得真武祠，遂入谒。龟蛇在前，记晦翁谓其本北方玄武宿，非实有此神，盖其教中设为形像以神之耳。余谓干鱼朽木题以大王，居士便能威福，此何足怪！

从祠畔卜磴，扶石栏转峰角，皆石版布道。栏外临绝谷，试微瞰，怵然神懔，噤瘁不可当，闭目低首，倚壁始定。峰南面上下壁削，亘东西皆栏也。异焉，伏石版下觇，盖镵壁成堮，以垒石置栏。面之中窾石以入，则所谓朝元洞也。深可四丈，广近之，高又倍焉，纯白如雪。中设三清像，诸神旁护，凡供奉之具咸备。余问故于主者岳师，师曰："昔贺老师营此四十年，虽凿焉而不敢碎石下坠，坠则雷动，龙潜故也。自尔且凿且运，不胜其劳，功未就而师亡，继以其徒甫就。洞外西数步，师又穴石版。锁以下达，西折则师之避静处也。"

沈生等跃然往观，予不敢从，倚栏待。二时许还，生曰："穴之下则锁双垂，锁则版道也，穴道相距不知几十丈，石杙插壁以当其中。缒锁下至石杙，少息，复缒至版道。又少息，然后攀锁西行数十步，始及避静处。回视版道，则载之铜杙之上，而铜杙则插之峻壁之中。外虽有栏木，久多腐，以锁是赖，掩其振摇。石杙一、铜杙十七，竟不知作时于何所置足。栏之外，下见松顶，如灌莽在杳冥中。师去此几时，其室其爨所犹在。然非凭土，凭于块石之突崖耳。室畔石洼亦不深，水则满，岂师籍是以食饮者与？室之西则别岩也，岩类俯首形，遥覆室上，上镵'全真岩'三大字，赤色以实之。虽知人所为，然上不可下，下不可上，其履虚而作之耶？何其神也！吾版道之初蹑也，知有版道而已，奚暇他及。既至，而得其所以危是心也，始不知止于何地。我辈壮年，恃力不少怯，今精夺于此矣。"

去洞，沿故路东行，降八九折，缘磴复升。巨石错峙，石分处如瓶，下视类井底，黝不见物，然两木倚石可下。问之仆，仆曰："安真人肉身所。"沈生率三人下观，余坐石上。及还，谈真人坐石龛，不坏，具衣履如生人。抑坐逝处耶？

跻石以望，见峰巅群松如沃，峰背类覆盂，粗散如砺，可纵步。四人争先若飞，余至此已疲甚，足不吾许。殆及巅，憩龙潭旁，掬潭水颒面。潭有三，深者不过二三尺，仆言虽大旱，此弗枯。窃意龙潜渊深，恐未必在此；然神物故不可以常理推也。志虽称顶有池，生千叶莲；觅之不见，不知当时骑茅龙天飞者，其由此非与？最高处一松孑立，余倚松望，信乎，诸峰罗列似儿孙矣。云适生，从玉女峰、东峰两间出，倚风作懒态；欻突然北涌，似巅崖状；既而复还，渐幔于松巅，不动如憩。而山北所见，皆漫漶不可识。意彼或仰瞻，吾固在云表也。青莲居士谓"呼吸气想通帝座"，非此而何！

既下，又东行至龙神祠。祠之外小碑一，辞翰具美，有"道涣而为气，气运而为精，精变而为神，神化而为灵"等语，因爱而再诵。忽祠畔二小鸟，下上峰壁，不鸣，青灰色，颇类鹡鸰，尾稍短，不知其何名。岳师曰："此鸟相与久矣，饭熟则乞食于我，食已即去。或置粟掌中，亦跃以就啄。"师年八十五矣，两目俱昧然，往来祠洞两间，陟降如睹，非有道者与？不然，安得人鸟相忘如此？

东峰记

由祠北降而东，取道松间。忽有物行松上，大如鼠，尾芃芃然，站人声矍视不复动。仆辈拊掌激之，越树去。行二里所，至山祠，入观焉。山水画满壁，颇似范宽家法，而浑不及范。余笑曰："此中著此画，作者固无足责，命之者谁与？"老君殿中居杨师迓余，余谒之再拜。因思吾夫子谓见之犹龙，口张而不能噏，吾安敢不拜。师出果茗、松花粉供余，并以万年松数十本为赠。盖卷柏之属而不屈者，虽有松柏名，不过石上小草耳。卷柏亦以万岁见称于《本草》，则知二物固皆槁而不死。

大松蔽峰顶，清悄幽闲，殆不可为情然。过青柯坪来，松弗他杂，唯白杨一二间之，每风韵松林杨叶作策策声，如按如节，彼吹竹弹丝敲金击石者，其近欤！余偃仰是间，意风味未减贞白。

殿之东则东峰尽处也，下望平野，襟怀洒然。远近诸山相闾于烟芜云树之表，黄河隐显，东迤如带；潼关冈垄积苏于河滨。遐览未周，云倏阴渐黑，平野皆晦。予疑雨，东向立，风飒然自西南来，万松皆鸣，松实交坠。日斜透云罅出，云影渐北逝遂散。

余与沈生碟松实啖之，索苦茗于师，以助其胜。俄林中有声，若陨物然。予怪而觇之，仆辈乃在松杪摘实以乱掷也，于是俾沈生囊顿以备骑驴疲困之用。

稍南一炀突出松底，下磴迤之，得石室焉。旷朗可容四五十人，都灶、湢所等举不敝，乃知居者固盛于昔，今唯一人者。荒凉无养，故尔禽声不上青柯坪，虽因于高寒，而亦因于无养也。

闻是峰可玩日于天未明之际，而粮少不敢居。惟问师仙掌何在，师指在峰侧而玉女峰可迫观，于是别去。

玉女峰记

降而西，可二里许，东折渐上。时正午，稍热，渴且饥。遂团坐松阴中，食所携新枣。至是无磴，多倚木枝根石间，危且弗固。因枝根为级，皮脱滑不可登，五人相与援推以进，凡二十余处。既尽，则玉女峰也。

尝闻女道杨氏，名妓也，少年入山，今耄矣。初食松皮，八年始火食，或绝火则枵腹坐，偶大雪不粒者七日亦无恙，竟日夜弗卧。余心敬焉，因访之石室中。尸坐如寐，见予起，相见具客主礼，笑曰："此山罕闻人声，或闻之林中，则指以为异。君何来之？异耶！"余以所癖所偶为对，就问。其入山时，才三十有七岁，今已七十三矣，乃自云一生无疾。观其颜，虽非丹而精神粲然，步甚健，固知其有所养也，初见未敢叩。

引余步松间，风来激峰壁，直下如箭，寻穿于林中，松叶皆沸鸣，度壑而去。相与立巉端，目送其披靡者。因指西峰东面洼隆如莲花谓余曰："此正所谓西岳莲花峰也，安有峰头池井之产！"予疑焉，未之决。

至玉女殿，道玉女所由，观洗头盆，盖石上一圆坎耳，水绀碧不干。《集仙录》称有五十臼，不知何据。殿右观韩姑姑遗蜕，遣僮撤所障乱氎，启棺盖视之，卧棺中如初殁者。杨氏曰："殁几三十年矣，唯槁不腐。"

以杖摘其足，亦不僵，有道者乃如是，盖杨氏师也。

大石如龟，殿正坐龟上，而杨氏石室则藉龟腹为之覆。余问以昨之所不能辨，乃杨氏采薪以虞雨雪之或及也。由殿前逾石梁北眺，崇冈廓然，狸豸不能进。冈半有大罍焉，杨氏曰："唐玄宗祷雨抛简处也，下通黄河。"虽未必果然，恐或有自。复旋至石室前，指以迫观仙掌所在。

余与四人循东峰北行，斯须林断豁然，乃东峰之西北壁而玉女峰之东北岩也。岩西努如鸟喙，距东峰不远，上丰下缩，瞰即魄褫。努处山松一，生附岩侧，不见根出岩上者，三之一中无鳞而光。仆曰："此舍身树也，游者抱树转数匝则获福。"予僮闻即抱之转不休，峻遏乃止。

岩正当仙掌，可察，遂坐。忆王涯《仙掌辨》谓峰有五崖，比甃破岩而列，自下远望，偶为掌形。俗传则曰巨灵擘剖，掌迹犹存。余因思之所辨，又似得于传闻。使果见之，宁作是语！不然，则亦远望而已，未尝如吾之近观也。殊不知膏出于罍，溜以渐，淡黄微白间之黑壁中，上则五岐，下则片属，岐者如指，属者如掌。复有细溜无数杂五岐间，远望之，则惟见其大者，故五岐如指耳，宁有崖比甃破岩而列哉！由此观之，俗传固非，涯辨亦未为是。且膏所溜处比比皆有，岂惟此掌为然！山石本黑，其或淡黄微白者，皆膏之所溜使然也。此掌外，唯日月岩最多，其次则东峰西壁近于杨氏之石室者，其色其状与此掌溜痕绝无少殊，但彼不类物形，故不以为异而不称耳。虽历代硕儒，其诗赋诸作举同然一声于巨灵之擘而不之究，何也？然则天下古今贵耳贱目，讹以承讹者，安知其几多耶！

将暮，假榻杨氏石室中。坐定，微请所有，则答以待尽而已，再请亦然。

余知其弗禊，弗强也。欻有光如灯，度室前松林中。仆辈惊指，杨氏徐掩其户，曰："与尔何预？"岂记所谓昭明者欤？此亦可见杨氏之有定力矣。

北牖渐明，余出望月，然隐于东峰，未之见，乃与沈生步殿前以待之。二更许，光射万松中，碎影满地，风飔飔自历三峰来，松声殊绝，无他音，清固不胜，寂亦难处，因退寝。夜过半，大声叠阵如涛雷然，孔隙皆唱喁，明处寝黑，知云风欲酿雨也。然仅携三日粮，遂惧，数视听，竟不得禽目。

迨晓，风幸息，曙光复来，趣具饭下山。至都土地祠，仆还指南峰端如练者，曰："水帘洞也。"以昨之弗知，少直祠畔以听，杳不得所闻。诵徐凝恶诗，一嚎而去。

午及青柯坪，觅所置杖，亡矣。然降比登颇易，步可与四人敌。因思宫殿林木得全于上者，险是赖耳。然不知铁锁之所经始，路何以识，人何以登也，鬼与？仙与？皆不可测已。

余学画余三十年，不过纸绢者展转相承，指为某家数某家数以剽其一二，以袭夫画者之名，安知纸绢之外，其神化有如此者！始悟笔墨之不足以尽其形，丹碧之不足以尽其色。然是游也，亦非纸绢相承之故吾矣。箕踞石上，若久客还家而不能以遽出也，三步回头五步坐，乃于我乎见之。

虽知毛女峰邻于上方，而不识其处。仆言王刁三洞山外之西，及玉泉院则日已在西南隅矣，弗果往。午饭已，热如炙，假篷籧卧院前亭上。绕亭皆泉声，咫尺不辨人语，因惫竟睡去，二时许始醒。诸道士索留题，爰口占书希夷像之壁间以出。

呜呼！生大华之方，由大华之侧，古及今安知几许！然爱焉者亦每以艰险自画而不之遂，虽少陵枕籍关中，亦望焉而止耳。天下奇绝处，固有系乎缘偶不偶也。郄诜谓"山行洗尽五年尘十肠胃"，吾尘土五十年，不意中得此行，虽遗一遗十，而秀拔之神、雄峙之观，亦足以畅夫一生之拳踘矣。昔人言："会心处不必在远"，窃意未得至此，恐未可谓之会心。余子平之累已向毕，而遐蹈未能者，以母氏之颓暮故也。掇其大都，以志奇遇。

游骊山记

〔明〕袁宏道

作者从山下老者的对景讲述入手，配合着记忆中对骊山的所有历史记载，一一为读者揭晓此处的景观。此情此景下，他感慨颇多，于是踞石而吟。不知不觉，陷入梦境，经山神提点开化，顿时豁然开朗。

骊之山郁然而青，而其水浩浩然鸣九衢也。古柏森森然翳东西岭，故宫遗址，多不可识。山下之民，有雪领而杖者，作而前曰："民虽氂，犹仿佛忆之。"指其峁然而坟者曰："是举火台，褒女之所笑也。"指其温然而澄澈者曰："是莲花汤，明皇、妃子之所浴也。"问山下之故垒，曰："是尝锢三泉而闻七曜者，始皇帝之地市也。"余倚松四顾，苍茫久之。乃披荒榛，踞危石，楚声而歌曰："涓涓者流，与山俱逝兮。空潭自照，影不至兮。吁嗟乎兹山，祟三世兮。"歌竟，浴于长汤，遂登老氏宫，极于台，东过石瓮寺休焉。

稍倦，假寐僧榻，忽有丈夫峨冠修髯，揖余而言曰："吾子失言，夫山奚能祟？使吾幸而遇严、匡诸君子，岂不亦嘉遁之薮？吾子谓九叠之屏，七里之滩，何遽出吾上耶？又使吾所遭者为宣城、孤山辈，骚坛之士，艳

172

称久矣，吾岂复戎吾姓也？"余蘧然觉，自悼言之失也，复喟然叹曰："异哉！天子之贵，不能与匹夫争荣，而词人墨客之只词，有时为山川之几锡也，异哉！今之处士，谁能入山而为水石所倚重者，吾当北面事之。"

华山记

[明] 袁宏道

"自古华山一条道"，登山之险显而易见。
这条游历的路线已是为众人所熟知的。作者
另辟蹊径，讲述游历的经历有序而不呆板，
在总写华山山石形态的同时，又写足了华山
之险，写足了令人刺激的游趣。

　　凡山之名者，必以骨，率不能倍肤，得三之一，奇乃著。表里纯骨者，
唯华为然。骨有态，有色。黯而浊，病在色也；块而狞，病在态也。华之
骨，如割云，如堵碎玉，天水烟雪，杂然缀壁矣。方而削，不受级，不得
不穴其壁以入。壁有罅，才容人。阴者如井，阳者如罍。如井者曰㠉曰峡，
如罍者曰沟，皆斧为衔，以受手足，衔穷代以枝。受手者不没指，受足者
不尽踵。铁索累千寻，直垂下，引而上，如粘壁之鼯。壁不尽罅，时为悬
道巨峦，折折相逼，若故为亘以尝者。横亘者缀腹倚绝厓行，足垂磴外，
如面壁，如临渊，如属垣，撮心于粒，焉知鬼之不及夕也。长亘者搦其脊，
匍匐进，危磴削立千余仞，广不盈背，左右顾皆绝壑，唯见深黑，吾形罍
罍然如负瓮，自视甚赘。然微风至，摇摇欲落，第恐身之不为石矣。夫人
凭仗者手足，而督在目。方其在罅，目着暗壁，升则寄视于指也，降则寄
视于踵也，目受成焉耳。罅尽而厓，目乃为祟，眩于削为栗，眩于深为掉，

眩于仄为喘。愚者不然，心不至目故也，今乃知险之所以剧矣。余衣不蔽腰，下着穷袴，见影乃笑。登厓下望，攀者如猱，侧者如蟹，伏者如蛇，折者如鹳，山之巉巇乃至此，自恨无虎头写真笔也。逾仙掌壁，折入石弄，北旋上，石滑而不级，为东峰；过坪蹑厓，道蹲峙而中断，为南峰；度峰足蛇蜒上，石叶上覆而横裂，为西峰。南峰踞两峰之上，如人危坐而双引其膝。下有土径，异树交络，峡水鸣其间。峰顶各有池，如臼，如盆，如破瓮，鲜壁澄澈，古松覆之。西峰石多礨，乍视如未稳。南峰之背，有静室，垂双锁，锁尽为铁杙以承板道。东峰南下为卫叔卿博台，锁对悬，拓厓自达，皆奇崄。

华山别记

〔明〕袁宏道

从青柯亭至苍龙岭，作者记录着自己的游历轨迹，讲述着自己的内心起伏。在南峰之巅等待月出，他陷入了往昔亲情的回忆里。当群峰涂满月光，想着亲人已不在身边，诗人忧思难释。

少时，偕中弟读书长安之杜庄，伯修出王安道《华山记》相示。三人起舞松影下，念何日当作三峰客？无何，家君同侍御龚公惟长从蒲坂回，云登华至青柯坪，险不可止，逾此则昌黎投书处。余私语中弟，近日于鳞诸公，皆造其幽，彼独非趾臂乎？然心知望厓者十九矣。余既登天目，与陶周望商略山水胜处。周望曰："闻三峰最胜，此生那得至？"后余从家君游参上，有数衲自华来，道其险甚具，指余体曰："如公决不可登。"余愤其言，然不能夺。

今年以典试入秦，见人辄问三峰险处。而登者绝少，唯汪右辖以虚、曹司理远生、杨长安修龄，曾一至其巅。然面矜而口吜，似未尝以造极见许也。余至华阴，与朱武选非二约，索犯死一往。既宿青柯坪，导者引至千尺㠉，见细枝柴其上，顶如覆铛，天际一隙，不觉心怖。因思少年学骑马，有教余攀鬣蹙镫者，心益怯。后有善驰者谓余曰："子意在马先，常恨霜

176

蹄之不速，则驰聚如意矣。"余大悟，试之良验。今之教余拾级勿下视者，皆助余怯者也。余手有緪，足有衔，何虞？吾三十年置而不去怀者，慕其嶮耳。若平莫如地上矣，安所用之？扪级而登，唯恐险之不至，或坐或立，与非二道山中旧事，若都不经意者。顷之，越绝厓，逾沟，度苍龙岭，岭尽至峰足，地稍平衍。余意倦，百步一休，从者相谓："何前捷而后涩也？"余曰："蹈危者以气，善一而怖十，绝在险也；怖一而喜十，绝在奇也。吾忘吾足矣，去危即夷，以力相角，此舆卒之长，何有于我哉？"下春乃跻南峰之巅，与非二席峰头待月。

是日也，天无纤翳，青崖红树，夕阳佳月，各毕其能，以娱游客。夜深就枕，月光荡隙如雪，余彷徨不能寐，呼同游樗道人复与至巅。松影扫石，余意忽动，念吾伯修下世已十年，而惟长亦逝，前日苏潜夫书来，道周望亦物故。山侣几何人，何见夺之速也？樗道人识余意，乃朗诵《金刚》"六如偈"，余亦倚松和之。

苍龙岭

〔明〕袁宏道

苍龙岭，位于华山北峰，是华山最为险峻的
山峰。在这狂暴的秋风中，诗人独自前来登
苍龙岭，感觉生命弱小的就如鸿毛般。犹豫
不决的他接受着自然的考验，在苍龙岭上撒
手而行，真让人佩服不已。

瑟瑟秋涛谷底鸣，扶摇风里一毛轻。

半生始得惊人事，撒手苍龙岭上行。

游太华山日记

[明] 徐霞客

太华山，即华山，因远望似花故名。作者从二月入潼关起笔，写到三月初远望华山之状。他的太华山之行，所经之地颇多，讲述也十分杂。直至三月初三起，才开始细致描述华山的山形之奇，山道之险。

二月晦　入潼关，三十五里，乃税驾西岳庙。黄河从朔漠南下，至潼关，折而东。关正当河、山隘口，北瞰河流，南连华岳，惟此一线为东西大道，以百雉锁之。舍此而北，必渡黄河，南必趋武关，而华岳以南，峭壁层崖，无可度者。未入关，百里外即见太华岋出云表；及入关，反为冈陇所蔽。行二十里，忽仰见芙蓉片片，已直造其下；不特三峰秀绝，而东西拥攒诸峰，俱片削层悬。惟北面时有土冈，至此尽脱山骨，竟发为极胜处。

三月初一日　入谒西岳神，登万寿阁。向岳南趋十五里，入云台观。觅导于十方庵。由峪口入，两崖壁立，一溪中出，玉泉院当其左。循溪随峪行，十里，为莎萝宫，路始峻。又十里，为青柯坪，路少坦。五里，过寥阳桥，路遂绝。攀锁上千尺幢，再上百尺峡。从崖左转，上老君犁沟，过猢狲岭。去青柯五里，有峰北悬深崖中，三面绝壁，则白云峰也。舍之南，上苍龙岭，过日月岩，去犁沟。又五里，始上三峰足。望东峰

179

侧而上，谒玉女祠，入迎阳洞。道士李姓者留余宿。乃以余暮上东峰，昏返洞。

初二日　从南峰北麓上峰顶，悬南崖而下，观避静处。复上直跻峰绝顶。上有小孔，道士指为仰天池。旁有黑龙潭。从西下，复上西峰。峰上石耸起，有石片覆其上，如荷叶。旁有玉井甚深，以阁掩其上，不知何故。还饭于迎阳。上东峰，悬南崖而下，一小台峙绝壑中，是为棋盘台。既上，别道士，从旧径下，观白云峰，圣母殿在焉。下到莎萝坪，暮色逼人，急出谷，黑行三里，宿十方庵。出青柯坪左上，有杯渡庵、毛女洞；出莎萝坪右上，有上方峰；皆华之支峰也。路俱峭削，以日暮不及登。

初三日　行十五里，入岳庙。西五里，出华阴西门，从小径西南二十里，入泓峪，即华山之西第三峪也。两崖参天而起，夹立甚隘，水奔流其间。循涧南行，倏而东折，倏而西转；盖山壁片削，俱犬牙错入，行从牙罅中，宛转如江行调舱然。二十里，宿于木杯。自岳庙来，四十五里矣。

初四日　行十里，山峪既穷，遂上泓岭。十里，蹑其巅。北望太华，兀立天表。东瞻一峰，嵯峨特异，土人云赛华山。始悟西南三十里有少华，即此山矣。南下十里，有溪从东南注西北，是为华阳川。溯川东行十里，南登秦岭，为华阴、洛南界。上下共五里。又十里，为黄螺铺。循溪东南下，三十里，抵杨氏城。

初五日　行二十里，出石门，山始开。又七里，折而东南，入隔凡峪。西南二十里，即洛南县。峪东南三里，越岭，行峪中。十里，出山，则洛水自西而东，即河南所渡之上流也。渡洛复上岭，曰田家原。五里，下峪中，有水自南来入洛。溯之入，十五里，为景村。山复开，始见稻畦。过此仍溯流入南峪，南行五里，至草树沟。山空日暮，借宿山家。自岳庙至木柸，俱西南行，过华阳川则东南矣。华阳而南，溪渐大，山渐开，然对面之峰峥峥也。下秦岭，至杨氏城。两崖忽开忽合，一时互见，又不比木柸峪中，两崖壁立，有回曲无开合也。

初六日　越岭两重，凡二十五里，饭坞底岔。其西行道，即向洛南者。又东南十里，入商州界，去洛南七十余里矣。又二十五里，上仓龙岭。蜿蜒行岭上，两溪屈曲夹之。五里，下岭，两溪适合。随溪行老君峪中，十里，暮雨忽至，投宿于峪口。

初七日　行五里，出峪。大溪自西注于东。循之行十里，龙驹寨。寨东去武关九十里，西向商州，即陕省间道。马骡商货，不让潼关道中。溪下板船可胜五石舟。水自商州西至此，经武关之南，历胡村，至小江口入汉者也。遂趋觅舟，甫定，雨大注，终日不休，舟不行。

初八日　舟子以贩盐故，久乃行。雨后，怒溪如奔马，两山夹之，曲折萦回，轰雷入地之险，与建溪无异。已而雨复至，午抵影石滩，雨大作，遂泊于小影石滩。

初九日　行四十里，过龙关。五十里，北一溪来注，则武关之流也。其地北去武关四十里，盖商州南境矣。时浮云已尽，丽日乘空，山岚重叠竞秀，怒流送舟，两岸浓桃艳李，泛光欲舞；出坐船头，不觉欲仙也！又八十里，日才下午，榜人以所带盐化迁柴竹，屡止不进。夜宿于山涯之下。

初十日　五十里，下莲滩。大浪扑入舟中，倾囊倒箧，无不沾濡。二十里，过百姓滩，有峰突立溪右，崖为水所摧，岌岌欲堕。出蜀西楼，山峡少开，已入南阳、淅川境，为秦、豫界。三十里，过胡村，四十里，抵石庙湾，登涯投店。东南去均州，上太和，盖一百三十里云。

游渼陂记

[明] 刘士龙

> 渼陂，古湖泊名。唐宋之际的渼陂，风景十分
> 秀丽，"一泓荡漾""摇绿横青"，是诸名流
> 建别墅、消遣的绝佳去处。作者梳理了渼陂的
> 盛衰发展史，关注到了周边百姓的安乐和饥苦，
> 而不仅仅局限于个人情绪的抒发。

余坐空翠堂，把酒远眺，而慨想当年之胜也。

山谷之水，并胡公、白沙诸泉，合而北注，渼陂受之。自陂头南至曲抱村，可数里许，高岸环堤，一泓荡漾，层峦叠嶂，影落于数百顷之波涛，摇绿横青，奇难名状。"半陂以南纯浸山"，此实际语也。当其盛时，或画船箫鼓，丽如锦帆；或雨棹烟艇，清比剡曲；辰泛宵行，何异登仙！唐宋诸名流，或卜筑，或宦游，微独岩壑牵情，亦有乐于是陂也。

至元季，始决陂种稻。胡虏腥膻，殃及陂池，使汪汪巨浸，化而为离离青畴。贪一时之小利，而坏千古之名胜，杀风景甚矣！彼大江以南，指千百里予湖者何如哉？夫决以业民，意非不美也，而民贫愈甚。盖稻粮甚重，偶无岁则鬻田以偿之；故沿陂村落，终无勤动，止为他县豪贵人代耕耳。使陂水如故，无论长天远山，涵碧虚之容，而贮螺黛之色；幽人韵士，遂闲放之致，而发要渺之思。即以利论，而鱼藕菱芡，亦有百倍于田者。

茕茕小民，取无禁，而用不竭，优游享用，坐免追呼，作渔翁亦胜作租户矣。此余所欲坏田以为陂者。但揆之理势，决陂以为田则顺，坏田以为陂则逆。顺易举而逆难行，则渼陂之复也无日矣。

所可几幸者，千百年后，沧桑变易，则陂有复时，而余不及见也。奕奕清神，或当来游耳！

长安八景（选二）

[清] 朱集义

康熙在游历关中时，以诗画的方式，将长安的美景记录了下来，并流传至今，即"长安八景"。分别是华岳仙掌、骊山晚照、灞柳风雪、曲江流饮、雁塔晨钟、咸阳古渡、草堂烟雾、太白积雪。

华岳仙掌

玉屑金茎承露盘，武皇曾铸旧长安。

何如此地求仙诀，眼底烟云指上看。

曲江流饮

坐对回波醉复醒，杏花春宴过兰亭。

如何但说山阴事，风度曾经数九龄。

骊山晚照

幽王遗恨没荒台，翠柏苍松绣作堆。

入暮晴霞红一片，尚疑烽火自西来。

游牛头山记

[清] 董佑诚

从破晓到黄昏，作者以游览的过程为线索，依据时间顺序，介绍了牛头山的方位，描绘了牛头山的壮丽气势、绮丽风光。自然与人文的杂陈，静景与动景的交揉，让人身临其境。

西安城南三十里，有牛头山焉。重岩抗屏，曲涧交绮。绵亘太乙，逦迤斜川。诚神皋之灵区，秦里之幽境也。

布政朱公以春阑暇日，泛招宾僚。时则萍风始和，谷雨已过。天光登胐于扶桑，明星韬晰于杨柳。曙霞藻野，宿露溢渠。毂转晴雷，盖飞昼雾。行未禺中，已抵山麓。土硵蛇蟠，岩磴雁列。古刹绀宇，矫出天外。门接云窟，牖通鹊巢。枯僧擘罗，梵钟度谷。玉女香绕，镫王月澄。鱼鳞瓦姓，惟见金黛；虬甲松古，纯成龙蛇。怪禽五色，礼陀罗之幢；迷蝶两三，涂天人之粉。鹫阙盘郁，花光阴阳。鹿宫觚棱，红采上下。蕳蓀跳露，拂末尼之日珠；枞桧啸风，泛氋华之贝叶。絮景积雪，三千散其宝旒；桐华稠星，五百飞其佛乳。于是旁阼龙岭，斜开虹疏。池璧半青，野镜一碧。翠羽匝树，雌霓饮泉。水气抱岸，结为绛衣。日华灼波，陵此赭景。陂麦翻浪，则浮云疑舟；石路升云，则游骑若鸟。寺南数武，丛祠背山。访开元之旧

187

间，揖少陵之遗象。废槛薪横，长廊栟桡，藤阴上墙，落藓失翠。野疏蒸午，阶墀尽黄。离离落英，则兰若春杳；沉沉劫灰，则元石宵尽。俯仰此地，鸿固故原。御宿通其前，曲江经其后。一朝尘飞，万古烟暝。池台倾夷，歌舞委歇。盖滔滔者，左逝之川；晖晖者，右驰之日。不知灞上金秋，已更陆沉；长乐钟虡，骈踬榛莽。昔人所为，过雍门而歍唈，望平原而心惊也。

夫邺下宾客，不忘南皮之游；江东词人，有感山阴之会。诚以代谢殊时，今昔同视；趑趄斯世，已鲜晤言。悠悠千载，同此面目；车马一去，秋草而已。故次而记之。

预斯游者某某，凡十一人。时嘉庆十有七年三月也。

终南山之观察

王桐龄

<u>美丽的东西,总需要我们亲自去感受,去体验。此文中所有关于终南山的讲述,都是作者亲自前往,一一观察之结果。不管是攀登时的记录,还是对终南山的概观,这些都是真实的。</u>

南五合之名称及其区域

终南山为秦岭一部分,著者此次所登之峰,俗名南五台,因山西有五台山,其上寺院香火极盛,陕西迷信家皆羡慕之,故造寺于终南山绝顶,以满足一般人民崇拜佛教之欲望,山西之五台山,俗称为北五台,故称此为南五台;实则其上之高峰,并不止五个,普通所指之五台,有二台不在峰顶上,此委巷小家子之说,甚可笑也。兹试略举其名称及其地点于下,以供参考:

一、岱顶圆光寺,终南最高峰,距平地三十里。

二、文殊台,在岱顶东山腰,较圆光寺稍低,相距不过数百步。

三、清凉台,在岱顶东山腰,较文殊台又低,相距不过百余步。

四、灵应台,在岱顶东,为另一高峰,较岱顶略低,而陡峻过之。

五、舍身台，在灵应台东，为另一孤峰，较灵应稍低。

以上一、四、五三台在山顶，二、三两台在山腰，其非以峰作单位，而为拉杂凑成者，概可知矣。岱顶以西，尚有一孤峰，较岱顶略低，近来始有人踪，名曰"兜率台"，不在五台之列。岱顶以南，有高峰名翠华，即古之太乙，亦不在五台之列。

登终南山旅程日志

八月十四日午前六点半，乘骡车由长安起身，出南门，向终南山进行。同行者为李干臣、陈斠玄、蔡江澄及陕西林务专员赵昆山四君，随带听差兼向导一名，分乘三辆单套骡车。是日之骡车为西北大学代雇者，较之赴咸阳时所乘之二套骡车，差为洁净。南山麓多土匪，时有劫掠之事，是日向督署借得卫队四名，骑马荷枪随行。

九点，至韦曲，共行二十里。韦曲以北皆旱田，地味干燥，以南多水田，地味潮湿。又南行东转，约三里许，至牛头寺，寺在韦曲东龙首原上，祀释迦牟尼，稍东为杜子祠，祀唐诗人杜工部。此处地方凉爽，从前为长安贵人避暑之处，自民国成立后，地方多故，避暑贵人久不至矣。本年西北大学一部分学生在此避暑，组织暑期平民学校。院内树木甚多，有南天竹、龙爪槐及木瓜（即香圆）等，梅树、桂树、紫荆树，高皆逾丈，甚为雅观。房屋虽不甚多，而院内清香，沁人肺腑。正殿后有人造之洞——即窑——三间，老僧寝处于此，余入参观一次，冷气袭人，洞内供罗汉像。

此一带地统名樊川，稻田荷池甚多，樊哙之封邑在焉。再东十五里为杜曲，唐朝贵族杜氏世居之地，现在人口尚不少；以非赴终南必经之路，故不往。

折而西，归原路，南行三里，有河流，名滈河，水甚少甚清，与黄河、渭河之混浊者迥异。河上有桥，宽丈许，长数丈，名申店桥。过桥南行十二里至黄甫村，人家多土房茅草顶，差与"黄"字名实相副。骡车大路在阪上，西望村落，树木甚多。村南有河流，名洛河——陕西有二洛河，此为南洛河——沿河一带皆稻田，引河水以灌溉，河由秦岭山麓，北下流入稻田中，因天然地势，自然就下，差省人工，风景之佳，颇似日本。

古云"八水绕长安"，谓浐、灞二水在城东，沣、皂二水在城西，滈、洛二水在城南，泾、渭二水在城北，实则泾、渭皆大河，发源甘肃，流入陕西，会于高陵，下流入黄河，其流域长亘千余里；浐、灞、沣、皂、滈、洛六水皆小河，发源长安城南之秦岭山麓，北流至长安城北，入渭水，最长者不过百余里，短者仅数十里。现在陕西天旱，浐、灞二水皆涸，沣、滈、洛三水，亦仅细流涓涓矣。

自渭南临潼以西，经过长安、鄠（户）县、周至、郿县（今眉县），沿秦岭山脉北麓，渭水南岸，凡东西数百里，南北数十里间，皆稻田，引南山之水——灞、滈、洛、沣等水——以灌溉之，故用力少而收获多。近来私种鸦片之风流行，多数稻田，已变为鸦片栽培地矣。

南行五里，至王曲，为长安城南之市镇。在小酒铺中略进午餐，馒头几个，咸菜一碟，差足果腹而已。昆山原籍在王曲东十二里，与小酒铺主人有旧，主人特别招待，在外觅得生鸡卵十余枚，煮熟以佐餐。王曲南半里官道旁，有陕西全省总城隍庙，颇堂皇伟大，为此地人民崇拜之中心点。出王曲南行约十里，至留村，距长安五十里，是为终南山北麓。是时下午二点半，乃入广惠寺小憩，商议雇山兜上山。平时每兜脚夫二人，往复一次，约六十里，需时二日，价洋二元。是时脚夫以我辈皆远客，要求每兜用四人，索价八元，磋商之结果，至少亦须六元。余等以索价太昂，无还价之余地，乃议停车马于山下，留车夫与护兵一名，在此处喂马，随带护兵三名，雇用脚夫二名，肩挑衣服行李，步行上山。

四点半出发，南行里余，至朝天门，遂入山沟，两旁为山，中央为谷，有涧水由山下注，气候渐清爽。从此南行，经过一天门，路渐高，庙渐多；至二天门，则路渐陡，多石级叠累之路，少土路，气候渐冷。约行十四五里，至胜宝泉，小憩，饮茶。拟在此处住宿，因另有游客携眷在此避暑，不果。

复东南循山路行，步步登高，约行二三里，至迎真宫。时已午后八点，暮色昏黄，路旁树木甚多，不能睹物。乃止宿于此，嘱看庙和尚作汤面疗饥，以咸菜及秦椒末佐餐。十点，就寝。

迎真宫房屋不多，寝室系火炕，余与江澄、斠玄宿于外间门扇上，夜间甚冷，跳蚤极多。干臣、昆山宿于炕上，夜间尚不甚冷，但跳蚤亦不少。

十五日早四点起床，五点一刻出发，循山路向东南进行；过三天门，路愈陡，路旁植物愈多，湿气甚重。六点，过吕祖宫，至紫竹林，小憩，饮茶。此处距山下二十余里，供观音，寺前眼界极空旷。

自此以上至四天门，路愈陡，路旁多庙，多树。回头下望渭水流域平原，则长安如盘，渭水如带，皆在眼前，风景奇丽，略似日本东京近郊之高尾山。惟山较高，较奇，天然之风景似胜彼。而树木之中，杂树甚多，松柏甚少，不似彼之满山皆杉，树之队伍甚不整齐，路较窄，较陡，较不平，人造之风景似逊彼。庙多用石与砖及土坯建筑，与彼之用木造者，亦异其趣。而各庙之旁，皆有泉水，供住持及游人饮用，则与彼亦正相似也。七点半，至岱顶，为南五台之最高峰。上有圆光寺，供五大菩萨。此寺在民国四年（1915 年）失火，现在系重修者，开工九年，尚未收工。正殿五楹，南向，因山太高，风太剧，恐受震撼，故以石为墙，用铁作瓦，木材用松树，系就地取材。余等在此处早餐，有馒头、米汤、茄子、芸豆、萝卜缨、芹菜，较昨晚之菜稍佳。陕西最普通之菜为秦椒末，在山中几乎每饭皆有。

九点三刻，下岱顶，往西行，上兜率台。此处系新开辟者，道路崎岖难行。峰顶仅有茅屋二间，为居士修行之所，无庙。

十点，下兜率台，东行，穿岱顶北山腹，至文殊台。台在岱顶东山腰，地势稍低，相距不过数百步，庙门深锁，无僧看守。

十点五分，下文殊台，东北行百余步，至清凉台。亦在岱顶东山腰，地势益低，庙门深锁，无僧住持。

下清凉台，东行，十点半，至灵应台。台在岱顶东，为另一孤峰，高不及岱顶，而陡峻过之。寺祀送子娘娘。余等在此处小憩，饮茶，干臣、昆山二君同赴舍身台。

舍身台在灵应台东，为另一孤峰，较灵应稍低。四围皆大青石，无树。庙以石为墙，其址甚小，无僧。距灵应台甚近，全峰一览无余，余等故不往。

十二点，由灵应台下山，西北行四五里，十二点半至紫竹林，在此处午餐，有米饭、素菜，食后，小憩。

二点一刻，西北行，就下山之途，途中不敢逗留，四点一刻，行约二十里，至白衣堂，小憩，饮茶。

六点回至留村，即刻乘车北上，七点至王曲，八点至韦曲，拟止宿于此，叩各店门，各店以近来土匪甚多，相约张灯之后即闭门，不再留客。不得已，忍饥与疲复前进，十一点至长安南门，由护兵向南关巡警局借电话，唤开城门，十二点回西北大学。

终南山概观

自长安至终南山麓之留村，大体皆平原，然北部为渭水南岸，地势较低，南部为秦岭北麓，地势较高；北部多旱田，南部多水田；北部干燥，属大陆气候，南部湿润，属森林气候。

自留村至岱顶，皆山路，方向自西北向东南，名为三十里，实则不止三十里，自朝天门以上，路渐高，气候渐爽，涧水下流，两旁为人行之土路。一天门以上，寺渐多。二天门以上，路渐陡，石路渐多，树木渐多。胜宝泉以上，涧水中断，然尚有泉可供饮料。三天门以上，气候渐冷，湿气甚重。四天门以上，路愈陡，然土路转多，石路转少，寺院渐少。自此以上皆无泉，山顶五台所用之水，一部分由四天门运上，有时存储雨水以供饮料，游人饮之多腹泻。

自山麓至山顶，共有寺五十余处，皆僧寺，仅吕祖宫一处为道观，皆前清及民国新建筑，无稍旧者。寺观基址皆不大，而香火颇盛。寺皆无下院，无财产，各寺之所有权，归山下各村落，最远者达于咸阳。每村各有一二寺，或二三村共有一寺，推乡绅为会长，管理寺务。每年六月初一日至三十日，为开庙会日期，所收之香资及平日所募之布施，皆归会长经理，寺僧不能过问。寺僧名义上为住持，事实上为聘员，每年除去由会长给予钱若干、米若干、麦若干外，仅有平日游客给予之茶钱及店钱归其所有，此外不得过问。每寺仅有一僧，不著名之寺，平日闭锁，不招僧住持，以省经费；至开会时，则由会长派人，或亲身来经理，供给朝山之客饮茶住宿，而收其香资以为报酬，俗呼寺为汤房者以此。

秦岭山脉南麓—汉中道方面—树多，北麓—关中道方面—树少，因樵采者太多，遂至童山濯濯。独终南山谷，为朝山者必经之路，民间习惯：谷中之树，禁止樵采，各寺若兴建筑，需用木材时，须先呈报县署，由县署饬各寺会长开联合会议，通过后，始行批准。各寺所需木料，须在其寺近旁采集，不得侵入他寺范围。若无故滥行斩伐，则以为得罪于神，须罚其出资，在附近寺前演剧，以向神表示忏悔。古迹，名胜，水源地应保护之森林，赖神秘的迷信习惯而得以保存，在世界上固属创闻，而在我国则正可利用此种习惯，以实行保护政策也。

终南山

王维

太乙近天都，连山到海隅。

白云回望合，青霭入看无。

分野中峰变，阴暗众壑殊。

欲投人处宿，隔水问樵夫。

终南山上植物甚多，此次干臣、昆山系受西北大学委托，调查山上植物，将来预备在此地造林场者。干臣采集之标本甚多，兹将其调查所得之结果，列表于下，以供参考：

附：终南山植物表（略）

（四）

西安风物：爱他风味似吾人

正月十五夜灯

[唐] 张祜

元宵节，又称为上元节，时间为每年农历正月十五。该节日自汉朝起便有赏灯的习俗，到了唐代，这一习俗已发展得十分兴盛。此夜的帝京，是盛大的。家家户户出门观灯，街上处处灯火明亮，一夜歌舞不知休。

千门开锁万灯明，正月中旬①动帝京。

三百内人连袖舞，一时天上著②词声。

注：

①正月中旬：农历正月的中间十天，此处代指元宵节。

②著：同"着"，附着。

长安之观察（节选）

王桐龄

在西安，你吃到的食物、看到的植物一定与北京是不一样的。世界如此辽阔而美丽，此处的习以为常，在别处却是另一番风景。而这种见识即是一次成长。

长安之饮食

此次在陕，住西北大学，饭食由暑期学校供给，差足果腹。刘督军邀饮四次，一次在西北大学，用素菜——时因祈雨禁屠；一次在省署，一次在督署，皆用西餐；一次在宜春园——在关岳庙街路南，易俗社之秦腔开演于此——用中餐。西北大学、陕西教育厅邀饮一次，在校内；储才馆邀饮一次，在馆内，皆中餐。讲武堂邀饮一次，在青年会，西餐。商务印书馆邀饮一次，在馆内，中餐。陈次元先生邀饮一次，在陈宅，中餐。师大毕业同学邀饮一次，在五味什字巷义聚楼，中餐。督署之中餐，商馆之中餐，陈宅之便饭，色香味俱美。督署之西餐亦佳，然中国风较重。此外各处厨役手艺俱平常，讲武堂之西餐系外叫者——青年会不卖饭——花钱甚多，不大实惠。

长安水果，有沙果、苹果、桃、杏等，俱不甚大；橘子、香蕉等南方水果，因交通不便，皆无有也。西瓜亦甜亦大，差胜北京。牛、羊、猪、鸡价俱公道，鸭子及鱼价俱昂贵，长安应酬场中好用鱿鱼，每席必有。

长安冬季气候较北京温暖，不能结天然冰，又因交通不便，外国机械未能输入，亦不能造人造冰，故冷吃之物不容易制造。饮料中最流行者为凤翔所产之烧酒——俗名凤酒，长安所产之葡萄酒及甜酒——米汁，啤酒、汽水皆自东方运来者，价钱异常昂贵，冰激凌则绝对不能制造矣。

长安之植物

长安纬度，东与江苏徐海道铜山县相对，虽地在高原上，然气候比较温暖，寒期不甚长，寒气亦不甚烈。植物除去杨、柳、榆、槐、椿、榕、构、柏等树，为北京所习见者外，楸树、皂角树、柽树、青桐树甚多，修竹高逾寻丈，丛生成林，石榴树高过檐顶，实累累以百数，皆北京所未习见者。惟松树甚少，长安城内仅有南门里孔庙内一株。据第一女子初级中学校校长李约之先生口头报告，草花甚少，热带植物尤少，以人工培植之力尚未周到也。

长安道上

孙伏园

来到西安,作者马不停蹄地寻访古迹,赏山水。他饮酒行乐，想念唐人诗画遗风。他将沿途的所见所闻、心中感想全部都一一书写于纸上，却唯恐难以描绘出当年盛世长安的美。

开明先生：

在长安道上读到你的《苦雨》，却有一种特别的风味，为住在北京人的人们所想不到的。因为我到长安的时候，长安人正在以不杀猪羊为武器，大与老天爷拼命，硬逼他非下雨不可。我是十四日到长安的，你写《苦雨》在十七日，长安却到二十一日才得雨的。不但长安苦旱，我过郑州，就知郑州一带已有两月不曾下雨，而且以关闭南门，禁宰猪羊为他们求雨的手段。一到渭南，更好玩了：我们在车上，见街中走着大队衣衫整洁的人，头上戴着鲜柳叶扎成的帽圈，前面导以各种刺耳的音乐。这一大群"桂冠诗人"似的人物，就是为了苦旱向老天爷游街示威的。我们如果以科学来判断他们，这种举动自然是太幼稚。但放开这一面不提，单论他们的这般模样，也令我觉着一种美的诗趣。长安城内就没有这样纯朴了，一方面虽然禁屠，却另有一方面不相信禁屠可以致雨，所以除了感到不调和地没有肉吃以外，丝毫不见其他有趣的举动。

我是七月七日晚上动身的，那时北京正下着梅雨。这天下午我到青云阁买物，出来遇着大雨，不能行车，遂在青云阁门口等待十余分钟。雨过后上车回寓，见李铁拐斜街地上干白，天空虽有块云来往，却毫无下雨之意。江南人所谓"夏雨隔灰堆，秋雨隔牛背"，此种景象年来每于北地见之，岂真先生所谓"天气转变"欤？从这样充满着江南风味的北京城出来，碰巧沿着黄河往"陕半天"去，私心以为必可躲开梅雨，摆脱江南景色，待我回京时，已是秋高气爽了。而孰知大不然。从近日寄到的北京报上，知道北京的雨水还是方兴未艾，而所谓江南景色，则凡我所经各地，又是眼皆凄然。火车出直隶南境，就见两旁田地，渐渐腴润。种植的是各物俱备，有花草，有树木，有庄稼，是冶森林花园田地于一炉，而乡人庐舍，即在这绿色丛中，四处点缀，这不但令人回想江南景色，更令人感得黄河南北，竟有胜过江南景色的了。河南西部连年匪乱，所经各地以此为最枯槁，一入潼关便又有江南风味了。江南的景色，全点染在平面上，高的无非是山，低的无非是水而已，决还有如何南陕西一带，即平地而亦有如许起伏不平之势者。这黄河流域的层层黄土，如果能经人工布置，秀丽必能胜江南十倍。因为所差只是人工，气候上已毫无问题，凡北方气温能种植的树木花草，如丈把高的石榴树，一丈高的木槿花，白色的花与累赘的实，在西安到处皆是，而在北地是未曾见的。

自然所给与他们的并不甚薄，而陕西人因为连年兵荒，弄得活动的能力极微了。原因不但在民国后的战争，历史上从西晋末年的战乱起一直到清末回族起义，几乎每代都有大战，一次一次地斫丧陕西人的元气，所以陕西人多是安静、沉默、和顺的；这在智识阶级，或者一部分是关中的累代理学所助成的也未可知；不过劳动阶级也是如此：洋车夫、骡车夫等，在街上互相冲撞，继起的大抵是一阵客气的质问，没有见过恶声相向的。说句笑话，陕西不但人们如此，连狗们也如此。我因为怕中国西部地方太偏僻，特别预备两套中国衣服带去，后来知道陕西的狗如此客气，终于连衣包也没有打开，并深悔当时以小人之心度君子之腹。（北京尝有目我为日本人者，见陕西之狗应当愧死。）陕西人以此种态度与人相处，当然减少了许多争斗，但用来对付自然，是绝对的吃亏的。我们赴陕的时候，火车只以由北京乘至河南陕州，从陕州到潼关，尚有一百八十里黄河水道，我们一共走了足足四天。在南边，出门时常闻人说"顺风"！这句话我们听了都当作过耳春风，谁也不去理会话中的意义；到了这种地方，才顿时觉悟所谓"顺风"者有如此大的价值，平常我们无非托了洋鬼子的洪福，来往于火车轮船能达之处，不把顺风逆风放在眼里而已。

黄河的河床高出地面，一般人大都知道，但这是下游的情形，上流并不如此。我们所经陕州到潼关一段，平地每比河面高出三五丈，在船中望去，似乎两岸都是高山，其实山顶就是平地。河床非常稳固，既不会泛滥，更不会改道，与下流情势大不相同。但下流之所以淤塞，原因还在上流。上流的河岸，虽然高出河面三五丈，但土质并不结实，一遇大雨，或遇急流，河岸泥壁，可以随时随地、零零碎碎地倒下，夹河水流向下游，造成河岸高出地面的危险局势；这完全是上游两岸没有森林的缘故。森林的功用，第一可以巩固河岸，其次最重要的，可以使雨入河之势转为和缓，不至挟黄土以俱下。我们同行的人，于是在黄河船中，仿佛"上坟船里造祠堂"一般，大计划黄河两岸的森林事业。公家组织，绝无希望，故只得先借助于迷信之说，云能种树一株者增寿一纪，伐树一株者减寿如之，使河岸居民踊跃种植。从沿河种起，一直往里种去，以三里为最低限度。造林的目的，本有两方面：其一是养成木材，其二是造成森林。在黄河两岸造林，既是困难事业，灌溉一定不能周到的，所以选材只能取那易于长成而不需灌溉的种类，即白杨，洋柳树等等是矣。这不但能使黄河下游永无水患，简直能使黄河流域尽成膏腴，使古文明发源之地再长新芽，使中国顿受一个推陈出新的局面，数千年来梦想不明的"黄河清"也可以立时实现。河中行驶汽船，两岸各设码头，山上建筑美丽的房屋，以石阶达到河，那时坐在汽船中凭眺两岸景色，我想比现在装在白篷帆船中时，必将另有一副样子。古来文人大抵有治河计划，见于小说者如《老残游记》与《镜花缘》中，各有洋洋洒洒的大文。而实际上治河官吏，到现在还墨守着"抢堵"两字。所说的也无非是废话，看作"上坟船时造祠堂"可也。

我们回来的时候，黄河以外，又经过渭河。渭河横贯陕西全省，东至潼关，是其下流，发源一直在长安咸阳以上。长安方面，离城三十里，有地曰草滩者，即渭水流经长安之巨埠。从草滩起，东行二百五十里，抵潼关，全属渭河水道。渭河虽在下游，水流也不甚急，故二百五十里竟走了四天有半。两岸与黄河一样，虽间有村落，但不见有捕鱼的。殷周之间的渭河，不知是否这个样子，何以今日竟没有一个渔人影子呢？陕西人的性质，我上面大略说过，渭河两岸全是陕人，其治理渭河的能力盖可想见。我很希望陕西水利局长李宜之先生的治渭计划一旦实行，陕西的局面必将大有改变，即陕西人之性质亦必将渐由沉静的变为活动的，与今日大不相同了。但据说陕西与甘肃较，陕西还算是得风气之先的省份。陕西的物质生活，总算是低到极点了，一切日常应用的衣食工具，全须仰给于外省，而精神生活方面，则理学气如此其重，已尽够使我惊叹了；但在甘肃，据云物质的生活还要降低，而理学的空气还要严重哩。夫死守节是极普遍的道德，即使十几岁的寡妇也得遵守，而一般苦人的孩子，十几岁还衣不蔽体，这是多么不调和的现象！我劝甘肃人一句话，就是穿衣服，给那些苦孩子们穿衣服。

　　但是"穿衣服"这句话，我却不敢用来劝告黄河船上的船夫。你且猜想，替我们摇黄河船的，是怎么样的一种人。我告诉你，他们是赤裸裸一丝不挂的。他们紫黑色的皮肤之下，装着健全的而又美满的骨肉。头发是剪了的，他们只知道自己的舒适，决不计较"和尚吃洋炮，沙弥戮一刀，留辫子的有功劳"这种利害。他们不屑效法辜汤生先生，但也不屑效法我们。什么平头，分头，陆军式，海军式，法国式，美国式，于他们全无意义。他们只知道头发长了应该剪下，并不想到剪剩了的头发上还可以翻种种花样。鞋子是不穿的，所以他们的五个脚趾全是直伸，不像我们从小穿过京式鞋子，这个脚趾压在那个脚趾上，那个脚趾又压在别个脚趾上。在中国，画家要找一双脚的模特儿就甚不容易，吴新吾先生遗作"健"的一幅，虽在"健"的美名之下，而脚趾尚是架床叠屋式的，为世诟病，良非无因。而今竟于困苦旅行中无意得之，真是"不亦快哉"之一。我在黄河船中，身体也练好了许多，例如平常必掩窗而卧，船中前后无遮蔽，居然也不觉有头痛身热之患。但比之他们仍是小巫见大巫。太阳还没有做工，他们便做工了。这时候他们就是赤裸裸不挂一丝的，倘使我们当之，恐怕非有棉衣不可。烈日之下，我们一晒着便要头痛，他们整天晒着似乎并不觉得。他们的形体真与希腊的雕像毫无二致，令我们钦佩到极点了。我们何曾没有脱去衣服的勇气，但是羞呀，我们这种身体，除了配给医生看以外，还配给谁看呢，还有脸面再见这样美满发达的完人吗？自然，健全的身体是否宿有健全的精神，是我们要想知道的问题。我们随时留心他们的知识。

当我们回来时，舟行渭水与黄河，同行者三人，据船夫推测的年龄是：我最小，"大约一二十岁，虽有胡子，不足为凭"。夏浮筠先生"虽无胡子"，但比我大，总在二十以外。鲁迅先生则在三十左右了。次序是不猜错的，但几乎每人平均减去了二十岁，这因为病色近于少年，健康色近于老年的缘故，不涉他们的知识问题。所以我们看他们的年纪，大抵都是四十上下，而不知内有六十余者，有五十余者，有二十五者，有二十者，亦足见我们的眼光之可怜了。二十五岁的一位，富于研究的性质，我们叫他为研究系（这不是我们的不是了）。他除了用力摇船拉纤绳以外，有暇便蹲在船头或船尾，研究我们的举动。夏先生吃苏打水，水浇在苏打上，如化石灰一般有声，这自然被认为魔术。但是魔术性较少的，他们也件件视为奇事。一天夏先生穿汗衫，他便凝神注视，看他两只手先后伸进袖子去，头再在当中的领窝里钻将出来。夏先生头问他"看什么"，他答道，"看穿衣服"。可怜他不知道中国文里有两种"看什么"，一种下面加"惊叹号"的是"不准看"之意，又一种下面加"疑问号"的才是真的问看什么。他竟老老实实地答说"看穿衣服"了。夏先生问："穿衣服都没有看见过吗？"他说："没有看见过。"知识是短少，他们的精神可是健全的。至于物质生活，那自然更低陋。他们看着我们把铁罐一个一个地打开，用筷子夹出鸡夹出鱼肉来，觉得很是新鲜，吃完了罐给他们又是感激万分了。但是我的见识，何尝不与他们一样的低陋：船上请我们吃面的碗，我的一只是浅浅的，米色的，有几笔疏淡的画的，颇类于出土的宋瓷，我一时喜欢极了，为使将来可以从它唤回黄河船上生活的旧印象起见，所以向他们要来了，而他们的豪爽竟使我惊异，比我们抛弃一个铁罐还要满不在乎。

游陕西的人第一件想看的必然是古迹。但是我上面已经说过，累代的兵乱把陕西人的民族性都弄得沉静和顺了，古迹当然也免不了这同样的灾厄。秦都咸阳，第一次就遭项羽的焚毁。唐都并不是现在的长安，现在的长安城里几乎看不见一点唐人的遗迹。只有一点：长安差不多家家户户，门上都贴诗贴画，式如门联而较短阔，大抵共有四方，上面是四首律诗，或四幅山水等类，是别处没有见过的，或者还是唐人的遗风罢。至于古迹，大抵模糊得很，例如古人陵墓，秦始皇的只是像小山的那么一座，什么痕迹也没有，只凭一句相传的古话；周文武的只是一块毕秋帆题的墓碑，他的根据也无非是一句相传的古话。况且陵墓的价值，全是有系统的发掘与研究。现在只凭传说，不求确知究竟是否秦皇汉武，而姑妄以秦皇汉武崇拜都是无聊的。适之先生常说，孔子的坟墓总得掘他一掘才好，这一掘也许能使全部哲学史改换一个新局面，谁肯相信这个道理呢？周秦的坟墓自然更应该发掘了，现在所谓的周秦坟墓，实际上是不是碑面上所写的固属疑问，但也是一个古人的坟墓是无疑问的。所以发掘可以得到两方面的结果，一方是偶然掘着的。但谁有这样的兴趣，又谁有这样的胆量呢？私人掘着的，第一是目的不正当，他们只想得钱，不想得知识，所以把发掘古坟作掘藏一样，一进去先将金银珠玉抢走，其余土器石器，来不及带走的，便胡乱搬动一番，重新将坟墓盖好，现在发掘出来，见有乱放瓦器石器一堆者，大抵是已经被古人盗掘出来，大多数人的意见，既不准有系统地发掘，而盗掘的事，又是自古已然，至今而有加无已。结果古墓依然尽被掘完，而知识上一无所得的。国人既如此不争气，世界学者为替人类增加学问起见，不远千里而来动手发掘，我们亦何敢妄加坚拒呢？陵墓而外，古代建筑物，如大小二雁塔，名声虽然甚为好听，但细看它的重修碑记，至早也不过是清之乾嘉，叫人如何引得起古代的印象？照样重修，原不要紧，但看建筑时大抵加入新鲜分子，所以一代一代地去真愈远。就是函谷关这样的古迹，远望去也已经是新式洋楼气象。从前绍兴有陶六九之子某君，被县署及士绅嘱托，重修兰亭屋宇。某君是布业出生，布业会馆是他经手建造的，他又很有钱，决不会从中肥己，成绩宜乎甚好了；但修好以后一看，兰亭完全变了布业会馆的样子，邑人至今为之惋惜。这回我到西边一看，才知道天下并非只有一个陶六九之子，陶六九之子到处多有的。只有山水，恐怕不改旧观，但曲江灞浐，已经都有江没有水了。渡灞大桥，既是灞桥，长如绍兴之渡东桥，阔大过之，虽是民国初年重修，但闻不改原样，所以古气盎然。山最有名者为华山。我去时从潼关到长安走旱道经过华山之下，回来又在渭河船上望了华山一路，华山最感人的地方，在于他的一个"瘦"字；他的瘦是没有法子形容，勉强谈谈，好像是绸缎铺子里的玻璃柜里，瘦骨零丁的铁架上，披着一匹光亮的绸缎。他如果是人，一定耿介自守的，但也许是鸦片大瘾的。这或者就是华山之下的居民的象征罢。古迹虽然游的也不甚少，但大都引不起好感，反把从前的幻想打破了；鲁迅先生说，看这种古迹，好像看梅兰芳扮林黛玉，姜妙香扮贾宝玉，所以本来还打算到马嵬坡去，为避免看失望起见，终于没有去。

其他，我也到卧龙寺去看了藏经。说到陕西，人们就会联想到圣人偷经的故事，如果不是半年前有圣人去偷经，我这回也未必去看经吧。卧龙寺房屋甚为完整，是清慈禧太后西巡时重修的，距今不过二十四年。我到卧龙寺的时候，方丈定慧和尚没有在寺，我便在寺内闲逛。忽闻西屋有孩童诵书之声，知有学塾，乃进去拜访老夫子。分宾主坐下以后，问知老夫子是安徽人！因为先世宦游西安所以随侍在此，前年也曾往北京候差，住在安徽会馆，但终不得志而返。谈吐非常文雅，而衣服则褴褛已极；大褂是赤膊穿的，颜色如酱油煮过一般，好几颗钮扣都没有搭上；虽然拖着破鞋，但没有袜子的；嘴上两撇清秀的胡子，圆圆的脸，但不是健康色——这时候内室的鸦片气味一阵阵地从门帷缝里喷将出来，越加使我了解他的脸色何以黄瘦的原因，他只有一个儿子在身边，已经没有了其他眷属。我问他："自己教育也许比上学堂更好吧？"他连连地回答说："也不过以子代仆，以子代仆！"桌上摊着些字片画片，据他说是方丈托他补描写完整的，他大概是方丈的食客一流，他不但在寺里多年，熟悉寺内的一切传授系统，即与定慧方丈也是非常知己，所以他肯引导我到处参观。藏经共有五柜，当初制柜是全带抽屉的，制就以后始知安放不下，遂把抽屉统统去掉，但去掉以后又只能放满三柜，两柜至今空着。柜门外描有金彩龙纹，四个大字是"钦赐龙藏"。花纹虽然清晰，但这五个柜确是经过祸难来的；最近是道光年间，寺曾荒废，破屋被三数个戏班作寓，藏经虽非全被损毁，但零落散失了不少；咸同间，某年循旧例于六月六日晒经，而不料是日下午忽有狂雨，寺内全体和尚一齐下手，还被雨打得个半干不湿，那时老夫子还年轻，也帮同搬着的。但经有南北藏之分，南藏纸质甚好，虽经雨打，晾了几天也就好；北藏却从此容易受潮，到如今北藏比南藏还差逊一筹。虽说宋藏经，其实只是宋版明印，不过南藏年代较早，是洪武时在南京印的，北藏较晚，是永乐时在北京印的。老夫子并将南藏残本，郑重地交我阅着，知纸质果然坚实，而字迹也甚秀丽。怪不得圣人见之，忽然起了邪念。我此次在陕，考查盗经情节，与报载微有不同。报载追回地点云在潼关，其实刚刚装好箱箧，尚未运出西安，被陕人扣留。但陕人之以家藏古玩请圣人评者，圣人全以"谢谢"二字答之，就此收下带走者为数亦甚不少。有一学生投函指摘圣人行检，圣人手批"交刘督军严办"字样。圣人到陕，正在冬季，招待者问圣人说，"如缺少什么衣服，可由这边备办"。圣人就援笔直书，开列衣服单一长篇，内计各种狐皮袍子一百几十件云。陕人之反对偷经最烈者，为李宜之杨叔吉先生。李治水利，留德学生，现任水利局长；杨治医学，留日学生，现任军医院军医。二人性情均极和顺，言谈举止，沉静而委婉，可为陕西民族性之好的一方面的代表。而他们对于圣人，竟亦忍无可忍，足见圣人举动，必有太令人不堪的了。

陕西艺术空气的厚薄，也是我所要知道的问题。门上贴着的诗画，至少给我一个当前的引导。诗画虽非新作，但笔致均楚楚可观，决非市井细人毫无根柢者所能办。然仔细研究，此种作品，无非因袭旧套，数百年如一日，于艺术空气全无影响。唐人诗画遗风，业经中断，而新牙长发，为时尚早。我们初到西安时候，见招待员名片中，有美术学校校长王先生者，乃与之接谈数次。王君年约五十余，前为中学几何画教员，容貌清秀，态度温和，而颇喜讲论。陕西教育界现况，我大抵即从王先生及女师校长张先生处得来。陕西因为连年兵乱，教员经费异常困难，前二三年有每年只能领到七八个月者，但近来秩序渐渐恢复，已有全发之希望。只要从今以后，一方赶紧兴修陇海路陕州到西安铁道，则不但教育实业将日有起色，即关中人的生活状态亦将大有改变，而艺术空气，或可借以加厚。我与王先生晤谈以后，颇欲乘暇参观美术学校。一天，偕陈定谟先生出去闲步，不知不觉到了美术学校门口，我提议进去参观，陈先生也赞成。一进门，就望见满院花草，在这个花草丛中，远处矗立着一所刚造未成的教室，虽然材料大抵是黄土，这是陕西受物质的限制，一时没有法子改良的，而建筑全用新式，于以证明已有人在这环境的可能状态之下，致力奋斗。因值星期，且在暑假，校长王君没有在校，出来答应的有一位教员王君。从他这里，我们得到许多关于美术学校困苦经营的历史。陕西本来没有美术学校，自他从上海专科师范毕业回来，封至模先生从北京美术学校毕业回来，西安才有创办美术学校的运动。现在的校长，是王君在中学时的教师，此次王君创办此校，乃去邀他来做校长。学校完全是私立的。除靠所入学费以外，每年得省署些须资助。但办事人真能干事；据王君说，这一点极少的收入，不但教员薪水，学校生活费，完全仰给于他，还要省下钱米，每年渐渐地把那不合学校之用的旧校舍，局部地改为新式。教员的薪水虽甚少，仅有五角钱一小时，但从来没有欠过。新教室已有两所，现在将要落成的是第三所了。学校因为是中学程度，而且目的是为养成小学的美术教师的，功课自然不能甚高。现有图书音乐手工三科，课程大抵已臻美备。图书音乐各有特别教室。照这样困苦经营下去，陕西的艺术空气，必将死而复苏，薄而复厚，前途的希望是甚大的，所可惜者，美术学校尚不能收女生。据王君说，这个学校的前身，是一个速成科性质，曾经毕业过一班，其中也有女生，但甚为陕西人所不喜，所以从此不敢招女生了。女师学生尚有一部分是缠足的，然则不准与男生同学美术。亦自是意中事了。

美术学校以外，最引我注目的艺术团体是"易俗社"。旧戏毕竟是高古的，平常人极不易懂。凡是高古的东西，懂得的大抵只有两种人，就是野人和学者。野人能在实际生活上得到受用，学者能用科学眼光来从事解释，于平常人是无与的。以宗教为例，平常人大抵相信一神教，唯有野人能相信荒古的动物崇拜等等，也唯有学者能解释荒古的动物崇拜等等。以日常生活为例，唯有野人能应用以石取火，也唯有学者能了解以石取火，平常人大抵擦着磷寸一用就算了。野人因为没有创造的能力，也没有创造的兴趣，所以恋恋于祖父相传的一切；学者因为富于研究的兴趣，也富于研究的能力，所以也恋恋于祖父相传的一切。我一方不愿为学者，一方亦不甘为野人，所以对于旧戏是到底隔膜的。隔膜的原因也很简单，第一，歌词大抵是古文，用古文歌唱教人领悟，恐怕比现代欧洲人听拉丁还要困难。经二，满场的空气，被刺耳的锣鼓，震动得非常混乱，即使提高了嗓子，歌唱着现代活用的言语，也是不能懂得的。第三，旧戏大抵只取全部情节的一段，或前或后，或在中部，不能一定，而且一出戏演完以后，第二出即刻接上，其中毫无间断。有一个外办看完中国戏以后，人家问他看的是什么戏，他说："刚杀罢头的地方，就有人来喝酒了，这不知道是什么戏。"他以为提出这样一个特点，人家一定知道什么戏的了，而不知杀头与饮酒也许是两出戏的情节，不过当中衔接得太紧，令人莫名其妙罢了。我对于旧戏既这样地外行，那么我对于陕西的旧戏理宜不开口了，但我终喜欢说一说"易俗社"的组织。易俗社是民国初元张凤翔做督军时代设立的，到现在已经有二十二年的历史。其间办事人时有更动，所以选戏的方针也时有变换，但为改良淮腔，自编剧本，是始终一贯的。现在的社长，是一个绍兴人，久官西安的，吕南仲先生。承他引导我们参观，并告诉我们社内组织：学堂即在戏馆间壁，外面是两个门，里边是打通的；招来的学生，大抵是初小程度，间有一字不识的，社中即授以初高一切普通课程，而同时教练戏剧；待高小毕业以后，入职业特班，则戏剧功课居大半了。寝室，自修室，教室俱备，与普通学校一样，有花园，有草地，空气很清洁。学膳宿费是全免的，学生都住在校中。演戏的大抵白天是高小班，晚上是职业班。所演的戏，大抵是本社编的，或由社中请人编的，虽于腔调上或有些须的改变，但由我们外行人看来，依然是一派秦腔的旧戏。戏馆建筑是半新式的，楼座与池子像北京广德楼，而容量之大过之；舞台则为圆口旋转式，并且时时应用旋转；亦有布景，唯稍简单，衣服有时小用时装，唯演时仍加歌唱，如庆华园之演"一念差"。小过唱的是秦腔罢了。有旦角大小刘者，大刘曰刘迪民，小刘曰刘箴俗，最受陕西人赞美。易俗社去年全体赴汉演戏，汉人对于小刘尤为倾倒，有东梅西刘之说。张辛南先生尝说："你如果要说刘箴俗不好，千万不要对陕西人说。因为陕西人无一不是刘党。"其实刘箴俗演得的确不坏，我与陕西人是同党的。至于以男人而扮女人，我也与夏浮筠刘静波诸先生们一起，始终持反对的态度，但那是根本问题，与刘箴俗无关。刘箴俗三个字，在陕西人的脑筋中，已经与刘镇华三个字差不多大小了。这一点我佩服刘箴俗，更佩服易俗社办事诸君。易俗社现在已经独立得住，戏园的收入竟能抵过学校的开支而有余，宜乎内部的组织有条不紊了，但易俗社的所以独立得住，原因还在陕西人爱好戏剧的习性。西安城内，除易俗社而外，尚有较为旧式的秦腔戏园三，皮黄戏园一，票价也并不如何便宜，但总是满座的。楼上单售女座，也竟没有一间空厢，这是很奇特的。也许是陕西连年兵乱，人民不能安枕，自然养成了一种"子有酒食，何不日鼓瑟，且以喜乐，且以永日"的人生观。不然就是陕西人真正颇好戏剧了。至于女客满座，理由也甚难解。陕西女子的地位，似乎是极低的，而男女之大防又是甚严。一天我在《新秦日报》（陕西省城的报纸共有四五种，样子与《越铎日报》《绍兴公报》等地方报纸差不多，大抵是二号题目，四号文字，销数总在一百以外，一千以内，如此而已）上看见一则甚妙新闻，大意是：离西安城十数里某乡村演剧，有无赖子某某，向女客某姑接吻，咬伤某姑嘴唇，大动众怒，有卫戍司令部军人某者，见义勇为，立将佩刀拔出，砍下无赖之首级，悬挂台柱上，人心大快。末了撰稿人有几句论断更妙趣横生，他说这真是快人快事，此种案件如经法庭之手，还不是与去年某案一样含糊了事，任凶犯逍遥法外吗？这是陕西一部分人的道德观念，法律观念，人道观念。城里礼教比较地宽松，所以妇女竟大多数可以出来听戏，但也许因为相信城里没有强迫接吻的无赖。

　　陕西的酒是该记的。我到潼关时，潼人招待我们的席上，见到一种白干似的酒，气味比白干更烈，据说叫作"凤酒"，因为是凤翔府出的。这酒给我的印象甚深，我还清楚地记得，酒壶上刻着"桃林饭馆"字样，因为潼关即古"放牛于桃林之野"的地方，所以饭馆以此命名的。我以为陕西的酒都是这样猛烈的了，而孰知并不然。凤酒以外，陕西还有其他的酒，都是平和的。仿绍兴酒制的南酒有两种，"甜南酒"与"苦南酒"。苦南酒更近于绍兴。但如坛底浑酒，是水性不好，或手艺不高之故。甜南酒则离酒甚远，色如"五加皮"，而殊少酒味。此外尚有"酺酒"一种，色白味甜，性更和缓，是长安名产，据云"长安市上酒家眠"，就是饮了酺酒所致。但我想酺酒即使饮一斗也不会教人眠的，李白也许是饮的"凤酒"罢。故乡有以糯米作甜酒酿者，做成以后，中且一洼，满盛甜水，俗曰"蜜勤殷"，盖酺酒之类也。除此四种以外，外酒入关，几乎甚少。酒类运输，全仗瓦器，而沿途震撼，损失必大。同乡有在那边业稻香村一类店铺者，但不闻有酒商足迹。稻香村货物，比关外贵好几倍，五星啤酒售价一元五角，万寿山汽水一瓶八角，而尚可赚，路中震坏者多也。

陕西语言本与直鲁等省同一统系，但初听亦有几点甚奇者。途中听王捷三先生说"汽费"二字，已觉诧异，后来凡见陕西人几乎无不如此，才知道事情不妙。盖西安人说 S，有一部分代 F 者，宜乎汽水变为"汽费"，读书变为"读甫"，暑期学校变作"夫期学校"，省长公署变作"省长公府"了。一天同鲁迅先生去逛古董铺，见有个石雕的动物，辨不出是什么东西，问店主，则曰："夫。"这时候我心中乱想：犬旁一个夫字吧，犬旁一个甫字吧，豸旁一个富字吧，豸旁一个付字吧，但都不像。三五秒之间，思想一转变，说他所谓匚ㄨ者也许是厶ㄨ吧，于是我思想又要往豸旁一个苏字等处乱钻了，不提防鲁迅先生忽然说出："呀，我知道了，是鼠。"但也有近于 S 之音而代以 F 者，如"船"读为"帆"，"顺水行船"读为"奋费行帆"，觉得更妙了。S 与 F 的捣乱以外，不定期有稍微与外间不同的，是 D 音都变 ds，T 音都变为 ts，所以"谈天"近乎"谈千"，"一定"近乎"一禁"，姓"田"的人自称近乎姓"钱"，初听都是很特别的。但据调查，只有长安如此，外州县就不然。刘静波先生且说："我们渭南人有学长安口音者，与学长安其他时髦恶习一样被人看不起。"但这种特别之处，都与交通的不便有关。交通的不便，影响于物质生活方面，是显而易见的。汽水何以要八毛钱一瓶呢？据说本钱不过一角余，捐税也不过一角余，再赚一角余，四角定价也可以卖了。但搬运的时候瓶塞冲开与瓶子震碎者，辄在半数以上，所以要八角钱了。（长安房屋，窗上甚少用玻璃者，也是吃了运输的亏。）交通不便之影响于精神方面，比物质方面尤其重要。陕西人通称一切开通地方为"东边"，上海北京南京都在东边之列。我希望东边人的物质生活与精神生活的好的部分，随着陇海路输入关中，关中必有产生多有价值的新文明的希望的。

　　陕西而外，给我甚深印象的是山西。我们在黄河船上，就听见关于山西的甚好口碑。山西在黄河北岸，河南在南岸，船上人总赞成夜泊于北岸，因为北岸没有土匪，夜间可以高枕无忧。（我这次的旅行，使我改变了土匪的观念：从前以为土匪必是白狼，孙美瑶，老洋人一般的，其实北方所谓土匪，包括南方人所谓盗贼二者在内。绍兴诸暨一带，近来也学北地时髦，时有大股大匪，掳人勒赎，有"请财神"与"请观音"之目，财神男票，观音女票，即快票也。但不把"贼骨头"计算在土匪之内，来信中所云"梁上君子"，在南边曰贼骨头，北地则亦属于土匪之一种，所谓黄河岸上之土匪者，贼而已矣。）我们本来打算从山西回来，向同乡探听路途，据谈秦豫骡车可以渡河入晋，山西骡车不肯南渡而入豫秦，盖秦豫尚系未臻治安之省份，而山西则治安省份也。山西入之摇船赶车者，从不知有为政府当差的义务，豫陕就不及了。山西的好处，举其荦荦大者，据闻可以有三，即一，全省无一个土匪，二，全省无一株鸦片，三，禁止妇女缠足。即使政府施政方针上尚有可以商量之点，但这三件事已经有足多了。固然，这三件在江浙人看来，也是了无价值，但因为这三件的反面，正是豫陕人的缺点，所以在豫陕人口碑上更觉有重大意义了。后来我们回京虽不走山西，但舟经山西，特别登岸参观。（舟行山西河南之间，一望便显出优劣，山西一面果木森森，河南一面牛山濯濯。）上去的是永乐县附近一村子，住户只有几家，遍地都种花红树，主人大请我们吃花红，在树上随摘随吃，立着随吃随谈，知道本村十几户共有人口约百人，有小学校一所，村无失学儿童，亦无游手好闲之辈。临了我们以四十铜子，买得花红一大筐，在船上又大吃。夏池筠先生说，便宜而至于白吃，新鲜而至于现摘，是生平第一次，我与鲁迅先生也都说是生平第一次。

陇海路经过洛阳，我们特为下来住了一天。早就知道，洛阳的旅店以"洛阳大旅馆"为最好，但一进去就失望，洛阳大旅馆并不是我想象中的洛阳大旅馆。放下行李以后，出到街上去玩，民政上看不出若何成绩，只觉得跑来跑去的都是妓女。古董铺也有几家，但货物不及长安的多，假古董也所在多有。我们在外吃完晚饭以后匆匆回馆。馆中的一夜更难受了。先是东拉胡琴，西唱大鼓，同院中一起有三四组，闹得个天翻地覆。十一时余，"西藏王爷"将要来馆的消息传到了。这大概是班禅喇嘛的先驱，洛阳人叫作"到吴大帅这里来进贡的西藏王爷"的。从此人来人往，闹到十二点多钟，"西藏王爷"才穿了枣红宁绸红里子的夹袍翩然莅止。带来的翻译，似乎汉语也不甚高明，所以主客两面，并没有多少话。过了一会儿，我到窗外去偷望，见红里红外的袍子已经脱下，"西藏王爷"只穿了土布白小褂裤，在床上懒懒地躺着，脚上穿的并不是怎么样的佛鞋，却是与郁达夫君等所穿的时下流行的深梁鞋子一模一样。大概是夹袍子裹得太热了。外传有小病，我可证明是的确的。后来出去小便，还是由两个人扶了走的。妓女的局面静下去，王爷的局面闹了；王爷的局面刚静下，妓女的局面又闹了。这样一直到天明，简直没有睡好觉，次早匆匆地离开洛阳了，洛阳给我的印象，最深的只有"王爷"与妓女。

现在再回过头来讲"苦雨"。我在归途的京汉车上，见到久雨的痕迹，但不知怎样，我对于北方人所深畏的久雨，不觉得有什么恶感似的。正如来信所说，北方因为少雨，所以对于雨水没有多少设备，房屋如此，土地也如此。其实这样一点雨量，在南方真是家常便饭，有何水灾之足云？我在京汉路一带，又觉得所见尽是江南景色，后来才知道遍地都长了茂草，把北方土地的黄色完全遮蔽。雨量既不算多，现在的问题是在于雨水的设备。森林是要紧的，河道也是要紧的。冯军这回出了如此大力，还在那里实做"抢堵"两个字。我希望他们"百尺竿头更进一步"，在水灾平定以后再做一番疏浚并沿河植树的功夫，则不但这回气力不算白花，以后也可以一劳永逸了。

生平不善为文，而先生却以《秦游记》见勖，乃用偷懒的方法，将沿途见闻及感想，拉杂书之如右，敬请教正。

西安印象记（节选）

鲁彦

是谁在挥霍着这一座古都，乌鸦侵占了这里，悲哀四处弥漫，一切都在装模作样，实际卑微地活着。我们沉默地等待，等待一个爆发的时间。

一　乌鸦的领土

一九三四年八月底，我离开了炎夏的上海，到了凉秋的西安。这里是被称为中华民族的文化发源地，和历代帝皇的建都所在，而现在又是所谓开发西北的最初的目标，被指定为陪都的西京。

我曾经到过故都北京，新都南京，现在又有了在陪都少住的机会，我觉得是幸福的，我急切地需要细细领会这里的伟大，抱着满腔的热情。

但是凄凉的秋雨继续不断地落着，把我困住了。西安的建设还在开始的尖梢上，已修未修和正在修筑的街道泥泞难走。行人特殊的稀少，雨天里的店铺多上了排门。只有少数沉重呆笨的骡车，这时当做了铁甲车，喀辘喀辘，忽高忽低，陷没在一二尺深的泥泞中挣扎着，摇摆着。一切显得清凉冷落。

然而只要稍稍转晴，甚至是细雨，天空中却起了热闹，来打破地上的寂寞。

"哇……哇……"

天方黎明，穿着黑色礼服的乌鸦就开始活动了，在屋顶，在树梢，在地坪上。

接着几十只，几百只，几千只集合起来，在静寂的天空中发出刷刷的拍翅声，盘旋地飞了过去。一队过去了，一队又来了，这队往东，那队往西，黑云似的在大家的头上盖了过去。这时倘若站在城外的高坡上下望，好象西安城中被地雷轰炸起了冲天的尘埃和碎片。

到了晚上，开始朦胧的时候，乌鸦又回来了，一样的成群结队从大家的头上刷了过来，仿佛西安城象一顶极大的网，把它们一一收了进去。

这些乌鸦是长年住在西安城里的；在这里生长，在这里老死。它们不象南方的寒鸦，客人似的，只发现在冷天里，也很少披着白色的领带。它们的颜色和叫声很象南方人认为不祥的乌鸦，然而它们在西安却是一种吉利的鸟儿。据说民国十九年西安的乌鸦曾经绝了迹，于是当年的西安就被军队围困了九个月之久，遭了极大的灾难。而现在，西安是已经被指定作为国民政府的陪都了，所以乌鸦一年比一年多了起来，计算不清有多少万只，岂非是吉利之兆？

它们住得最多的地方，是近顷修理得焕然一新，石柱上重刻着"文武官吏到此下马"的城南隅孔圣人的庙里，和它的后部黑暗阴森得令人毛骨竦然的碑林，其次是在城北隅有着另一个坚固堂皇的城堡，被名为新城的绥靖公署，再其次是隔在这两个大建筑物中间，一个由西北大学改为西安高中，一个由关东书院改为西安师范的学校里，这几个地方，空处最多，最冷静，树木也最多，于是乌鸦们便在这里住着了。

它们并不会自己筑巢，到了晚上，它们只是蹲在树梢间，草地上，屋檐下，阶石上。

秋天将尽，各处的树叶开始下坠的时候，各机关的庶务恨它们不作一次落尽扫不胜扫，便派了几个工人，背着很大的竹竿，连碧绿的树叶和细枝也做一次打了下来。于是到了晚上，乌鸦便都躲到檐下去了。然而太多了，挤不胜挤，有些迟到的，就只好仍缩做一团，贴在赤裸的树枝上，下起雪来，也还在那里过夜，幸亏它们是有毛的。有时无意中有人走过去，或者听到了什么声音，只要有一只在朦胧中吃了惊，刷的飞到别处，于是这一处的安静便被搅翻了，它们全都飞动起来。

然而在白天，它们却和人很亲近，而人也并不把它们当做异类看待。它们常在满是行人的最热闹的街道上出现，跳着，立着，走着，有时在贩子的担子旁望着，贩子看它们站得久了，便喃喃地丢给他们一些食物。

西安人引为美谈的是，它们和城门的卫兵最是知己。早晨城门未开，它们是不出去的，晚上它们没有统统回来，卫兵是不关城门的。虽然它们出城进城是在城墙上飞过，但完全依照着城门开闭的时间。

这里完全是乌鸦的领土。中国国民党人邵元冲被命西行的时候，据说在甘肃境界的某一个山上见到了一种数千年不易一见的仙鹤，认为是国家祯祥的征兆，曾经握着生花的笔杆就写了几首咏鹤的诗，登载在各地的大报上，至今传为名句，但惜他经过西安的时候，没有留下咏乌鸦的诗句，可谓憾事。

二 幻觉的街道

天气静定了，街道干燥了，我开始带着好奇的眼光，到这个生疏的景仰的陪都的街道上去巡礼。

果然我的眼福颇不浅，走到东大街的口子，新筑的辽阔的马路，和西边巍峨的钟楼以及东边高大的城门便都庄严地映入了我的眼帘，我不禁肃然起敬了，仿佛觉得自己又到了故都北平的禁城旁。马路上来往的呜呜的汽车，叮当叮当的上海包车式的人力车，两旁辘辘地搅起了一阵阵烟尘的骡车，以及宽阔的砖阶上来往如梭的行人，——这一切都极象我十年前所见的北平。

东大街是西安城里最热闹的街道，岂止两旁开满了各色各样的店铺，就连店铺外面的人行道上也摆满了摊子。这些摊子上摆着的是水果，是锅盔，是腊肉，是杂货，是布匹，是古董……

而其中最多的是窑的、磁的、玉的、比酒杯大、比茶杯小的奇异的瓶子和盅子，其次是铜的、钢的、铁的、比钻子长的挑针，短短的弯形的剔刀和圆头的槌子，随后是三四寸高的油灯，一寸多高的长方形的花边的木的或铜的盘子……

我仿佛觉得自己走到了小人国里，眼前的钟楼在我的脚底下过去了，熙熙攘攘的人类全成了我脚下的蚂蚁，一路行来，不知怎样忽然到了南院门陕西省党部的高大的墙门口——于是我清醒了，原来依然在历代帝皇建都的所在，被指定为陪都的西京。

我定了定神，带着好梦未圆的惆怅的神情，低着头，在党部的门口，一处圆形的花园似的围墙外转起圈子来。

但这里围墙又是矮小的，不及我膝盖的高，蹲在围墙外的人物又成了小人国里的人物，他们面前的瓶子、盅子、挑针、剔刀、槌子、油灯、盘子，亮晶晶地发着奇异的光辉，比我一路来所见的更加精致，更加美丽了……

"怎么呀！"我用力从喉咙里喊了出来，睁大着眼睛。

我又清醒了。我仍在被指定为陪都的西京，我不觉起了恐慌，辨不出东西南北，两旁住家的大门小门全关得紧紧的。

忽然间，前面的灯光亮了。是在地平线上，淡黄色，忽明忽暗。

"着了魔了不成！"我敲敲自己的额角，不相信那是鬼火，放胆地朝前走了去。

"吱……吱……"

我听见了一种声音，闻到了一阵气息，随后见到了一家大门口横躺着两个褴褛的乞丐，中间放着的正是我一路所见的那些小玩艺似的器具，只少了一个盘子。

我站住了脚，皱着眉，用力往黑门铜环上望去，模糊中看见上面写着两个熟识的大字："彭寓"。

哦，我记起来了，我曾经在这里走过，见到一辆汽车在这门边停下，据说就是省政府委员的住宅，这条巷子仿佛叫做什么永居巷吧？

我现在认识路径了，一弯一转，到了一条较小的街道。

天虽然渐渐黑了下来，左右还有许多没有招牌的小店铺正点了灯，在锅边忙碌着的柜台上装油酒似的瓦缸里取出或放入一些什么东西，柜外站满了人。

一种特殊的气息从这些小店铺的锅灶上散布出来，前后相接地迷漫住了一条极长的街道。

我觉得醉了，两脚踉跄地，跑进了一个学生的家里。

"请请，躺下，躺下，……不远千里而来，疲乏了，兴奋兴奋……"

学生的父亲端出了一副精致的礼物，正是我一路来所见的那些玩意，放在炕上，把我拖倒，给了我一块砖泥的枕头，开始用挑针从翡翠的盅子里挑出一点流质来，于是这些流质便在灯火上和在他搓捻着的手指间渐渐地干了，大了，圆了。

"不会，不会，从来不曾试过。"我说着站了起来。

主人也站起来了，他愤怒地拿着一支木枪，向我击了下来，大声地喊着：

"不识抬举的东西！……因为你是我儿子的先生，我才拿出这最恭敬的礼物来！……"

我慌忙逃着走了。

前面是车站，我一直跑了进去。

"检查，检查！"武装的警察背着明晃晃的枪刀围了上来，夺去了我手中的皮包。

"查什么呀？"我大胆地问。

"烟土！"他们瞪着眼说，随后里外翻了一遍，丢在地上说："滚你的蛋！"

我慌忙抬起，往里走了去，相隔十步路又给人围住了。那是挂着禁烟委员会的徽章的。

"刚才检查过了。"我说。

"不相干！"他们又夺去了我的皮包，开了开来，猫儿似的用鼻子闻了几次，用刀子似的长针这里那里钻了几个洞，随后又掷在地上，说："走！"

我于是进了站去买票了。

"检查！"但是车站的职员又把我围住了。

"关你们什么事！"我愤怒地叫着说。

"滚开！——上司命令！……"他们把我的皮包丢进房里，把我一脚跌出了车站……

我清醒了。我已经到了我的寓所。妻子孩子，全在这里，不复是在幻觉中了，仍然在被指定的陪都里。

"什么事，这样迟呀？"妻问了。

"唉！"我只叹了一口气，顺手拿起一张西京的报纸来解闷。

"胡说！"过了一会，我笑着说了，把报纸递给妻看。

那上面登载着一段荒唐的新闻，说是西安某一条巷子，姓某名某的寡妇，平常酷爱一只黑白相间的花猫，数日前因事他去，留猫在家，日前回来，猫竟奄奄一息了。给它水喝，给它馍吃，牙关紧闭，一无办法，某寡妇把它放在炕上，陪着眼泪，哽咽不能成声，烧起烟来解闷，几分钟后，猫儿忽然活了，后来才知道它是烟味上了瘾的。

"难道不晓得跑到人家的门口去？"妻说，"那里闻不到烟味？"

我静默了，不想立即把刚才的幻觉告诉她，怕她担忧我的健康。